YUNLI DE
JIAOBU

云里的脚步

姚姚 著

读者出版社

图书在版编目（CIP）数据

云里的脚步 / 姚姚著. -- 兰州：读者出版社，
2024. 11. -- ISBN 978-7-5527-0830-1
Ⅰ. I267
中国国家版本馆CIP数据核字第2024R472W2号

云里的脚步
姚 姚 著

责任编辑　漆晓勤
装帧设计　雷仵起

出版发行　读者出版社
地　　址　兰州市城关区读者大道568号(730030)
邮　　箱　readerpress@163.com
电　　话　0931-2131529(编辑部)　0931-2131507(发行部)

印　　刷　兰州银声印务有限公司
规　　格　升本880毫米×1230毫米　1/32
　　　　　印张8.75　插页2　字数220千
版　　次　2024年11月第1版
　　　　　2024年11月第1次印刷
书　　号　ISBN 978-7-5527-0830-1
定　　价　45.00元

如发现印装质量问题，影响阅读，请与出版社联系调换。

本书所有内容经作者同意授权，并许可使用。
未经同意，不得以任何形式复制。

7 月的红豆草

给父亲做布鞋的母亲

刚满月的小狗——点点

家乡的早晨

自序

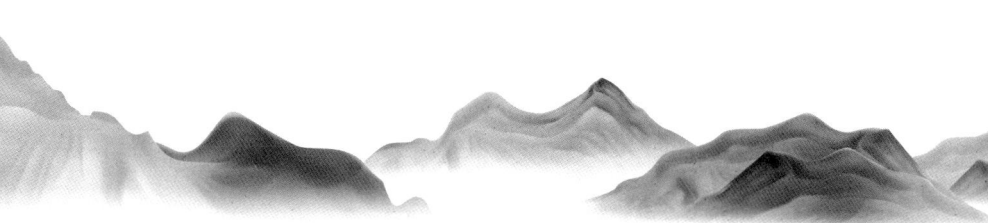

讲不清楚，我为什么又要写一本书？可能，总觉得留在记忆里的故事召唤着我，不去写一写，便会觉得生命中缺失点什么！这本书的内容与前一本书《烟雨中的温柔》稍微有点不同，《烟雨中的温柔》以散文和诗歌为主，《云里的脚步》以散文和中短篇小说为主。但它们的相似之处在于，都是真实生活中的缩影。可能现在的孩子很难去读懂那些属于"60后""70后"的故事了，毕竟社会与环境都不同了，思想自然也不同了。

我坦然地记录了自己的这些真实经历与真实情感，我也相信，这本书一定会引起一些读者的共鸣。有人叫我作家，贬义和褒义我无力分辨，也没有时间去分辨。人生原本就没有多少观众，而往往让我们惊喜的是：即使知道没有多少观众，也愿意用尽全力将属于自己的"角色"唱完。我真的属于那种愿意掏空口袋去喂饱灵魂的人，结局怎样再不去想。我要的是自己的信仰里有灵魂在高处仰视的模样，我要的是即使生活贫困潦倒，依然觉得自己是与众不同的那个人。至于别人怎么看，又有何妨？

我是个朋友极少的人。在一座城市待了十几年，能与我坐在一起吃饭的朋友也不过几个。我对人没有"相见恨晚"的感觉，因为我相信因果，相信轮回，相信任何人、任何时候出现在我的生命里，都有一定的因果和愿意。可我对文字常有"相见恨晚"的感觉。我常常半夜醒来看书，看完某一段文字，忽然就觉得相见恨晚。我想，我若早点遇到这本书，某一时的我大概就不会去纠结某一件事情了。想来，我还是深爱文字一点。

关于看书和写作，我想以后会一直写下去的，但是会不会再出书，出几本？我没有想过，那就随缘吧！

目录

第一辑 散 文

牵挂	003
糖宝的世界	005
装模作样	007
牧羊犬逸事	010
我爹的念想	015
我妈的价值观	018
幻旅	021
三月日记	023
细雨里的温暖	029
三哥	031

重生	037
母亲	041
少女,安啦也!	044
棺材板	048
"抠"老头	051
遗憾	054
陪读的妈妈	058
回头看,轻舟已过万重山	062
起跑线	065
某一日	067
母亲的味道	069
无题	072
背影	074
小聚	077
叫魂	079
爱,亦如此	083
就这样吧	088
差距	091
活着	094
婆婆和儿媳	099
生死劫	102
母亲的幸福	108

半日猫缘 110

那些爱国的事情 113

生活碎片 115

颤巍巍的母爱 117

母亲的毛衣 119

酿皮 122

父亲和旱烟 126

减肥 129

第二辑 中短篇小说集

带血的碎花嫁衣 133

二嫂 137

尘封往事 144

那一抹山茶红 156

爹和银狐 190

五爷 208

人间柿柿红 211

这人生啊 216

血珠子的三世 223

刘奶奶住院 247

第三辑 诗 歌

临夏——我的第二故乡	253
浅念	255
唯一的公平	257
无题（一）	259
无题（二）	261
遗憾	263
五月雪	265
念先生	267

第一辑

散　文

YUN LI DE
JIAOBU

牵挂

三个月没有出过县城的边了,忙着捡几两碎银,忙着生活,忙着码那些一文不值的文字,忙着和飞到人间三年的"病毒恶魔"做斗争!我们不服输,看谁笑到最后!

周日,我乘朋友采风的车去县城三十里外的竹子沟,越过卡点,看见的风景安静祥和。我以前从来都没有觉得它很漂亮,就是满山遍野的绿草坪、小溪、木亭,还有洒在山坡上的金黄色的阳光。可如今,我觉得它就是人间的一处净土,那份恬静直达胸口,让原本起伏不平的心脏得以少许的安静!

有微雨,打湿了头发,喜欢极了那种感觉,于是让朋友给我拍了照片。我总想留住那份恬静和欢喜。

回来挑了两张发抖音,晚上就接到我妈打来的电话:"你是不是遇到什么事了?我看见你一个人站在那个地方,看着你一点儿也不开心。是不是工作累的?没事的,只要活着,遇到什么困难都会过去的。"

我赶紧解释:"没有什么事啊,我那是耍酷呢。"

"'哭'也不能一个人去那么大的地方啊,多不安全啊。我看你身后也不是你的车啊,太不安全了。"我妈提高了嗓门,估计是急了。

"哎呀,那车是我朋友的采风车。"我赶紧补充道。

"原来你跟朋友去'放蜂'去了啊,你可得小心点,被蜜蜂蜇一下可受罪了。"我妈平稳了语气说。

我该怎么给我家快八十岁的老太太说我站的姿势和表情,就是为了配合我心底的那点"作"?母亲心里的担忧只有"好"或"不好",母亲的世界里,好好活着,快乐地过着就是人生最大的事情!她觉得她的孩子过得好不好都会在脸上看见。

自从侄女教会我妈玩抖音和快手,我妈每天都会看我们的快手和抖音。如果我们去哪里了,随手发个抖音,我妈一定第一时间打来电话问我们:"去哪里了?远不远?那边天气好不好?"我的儿子都上大学了,可我在母亲眼里还是个不会好好照顾自己的孩子。

我们的生命是母亲给予的,但长大以后我们并不会顺遂母亲给我们设下的轨道一直前行。我们有了自己的路,自己的方向,越走越远,可唯独母亲在这个世界上,一直地站在原地。我们任何时候回头,她的牵挂都会等着我们。

万千的文字,唯独写不尽母亲洒在孩子身上的牵挂。

糖宝的世界

周末带朋友的孩子糖宝去村口,远处有几块田地,四月的郊外,青冬麦苗在半山坡上安然地"躺着"。踏过几块荒地,糖宝指着田埂上的一棵青草对我说:"姨啊,你看他们把麦子种在田埂上了。"

"那是青草,不是麦苗。"我对糖宝说。

"青草和麦苗一定是双胞胎,不然怎么长得这么像?"糖宝歪着脑袋好奇地问。

"嗯,这个……应该是堂兄妹吧。麦子是人类的粮食,而青草是牛羊的粮食。它们都是为大自然服务的,只不过服务的对象不同而已。"我说。

我顺手拔了几棵田埂上的青草。

糖宝大喊:"姨,你怎么把它们拔了啊?可它们是小羊的粮食啊。"

"因为小草占了别人的地方,这里是麦子的家啊。你看小草的家在那山坡上呢,那里全是小草。就像我们不能随便拿别人的东西,更不能拿不属于自己的东西。"我笑着说。

"可是姨……我拿了幼儿园小朋友的半块橡皮擦呢,她的橡皮擦有糖的味道,我好喜欢。"糖宝低着头说。

"我上学会还给她的。"糖宝又赶忙说。

"嗯,糖宝是个听话的孩子。"我摸摸他的头。

糖宝又指着远处坟头的花圈问我:"姨,他们在坟上放的那些花花绿绿的是什么?"

"那是给另一个世界里的人贴的窗花。"

"那窗花真好看。"糖宝跳着说。

其实我想说,那些花圈是象征着生命的轮回和永恒,也是对大自然的敬畏之情,但是糖宝他听不懂,他的世界那么干净和清新。

装模作样

闲暇的时候,我捧着一杯茶,没人的时候就刷抖音。最近一直都在刷抖音,很少看书了,看得越多越觉得自己"啥也不是"。我想缓缓,让柴米油盐酱醋茶来稍微冲淡一下我离人群越来越远的灵魂。

我也不想去找朋友们了,在一起能说什么?七长八短?还是"高谈阔论"现世下的种种?论七长八短我觉得还没有到那个年龄,到老太太的行列还有20年的距离,我没有打算提前进去。

"高谈阔论"现世就算了吧,没有鲁迅那种尖锐犀利的眼神和笔风,充其量也只能充当"蚂蚁"眼里跪着的巨人,总不能自欺欺人吧。如果再一不小心和朋友谈起我自己写的文字,我不怕他们笑话,我怕的是他们一本正经地在心里送我四个字——"装模作样"。人是有感应的,万一他们心里的那束带着"装模作样"四个字的电波传到我身上,我该有多难为情?何必为难自己,还不如谁都不见。

但孤独是真的,有的时候我很不能理解,我的孤独感到底来自哪里?来自我的装腔作势?还是来自我的"装模作样"?还是来自那个一文不值的清高?因为那种孤独是藏在笑容里面的,就像抑郁症,旁人都看着很正常,但只有自己知道其实自己是生病了的。

这个时候,我就想去找村里的老人。和她坐在有阳光的墙疙瘩里,吸自由的空气,看乌鸦飞过树梢给黄了一半的树叶添加颜色;看偶尔溜达过来的狗,装模作样的好像在看家护村,实际上压根就是在消遣日子,顺便想勾搭隔壁家的小花狗,它以为别人不知道,还得意扬扬地抬头向树上的乌鸦炫耀;看拿着鞋底烫了个微卷发型的大婶东张西望地找她的"团伙",不知道今天她们要"攻击"的是哪个倒霉的回村丫头,或者哪个和老公打了架的媳妇;看大叔端着茶杯在村头转悠,瞅人家牛圈里的牛又生了一个牛犊,他准在想:这行情自家儿子外出打工,还不如在家多养几头奶牛;看还用报纸卷烟的大爷坐在离村头500米的山坡,烟雾眯了他的眼,他一定在回忆年轻时候的自己曾被村里的寡妇像迷恋明星一样迷恋过他……

可我还是喜欢和快掉完牙齿的老奶奶斜靠到墙疙瘩里,仰着头,享受阳光的温暖。听老奶奶讲龙头山上那个很长很长的地道是什么时候挖的;听她讲60年前她早就是四个孩子的妈妈,她用自己的嫁妆——一只银手镯换了半袋粮食;听她说第一次看电视，以为里面死了的人是真的死了，自己躲在炕洞旁哭得死去活来；听她说她们那个年代磕破头的缘分，一聚就是一辈子……

暮色坠下来的时候，我拍拍屁股上的土，给那只还在村里转悠的狗打了个招呼：你转了一天，也没有看见你勾搭上隔壁家的小花狗，你个瓢尿……

牧羊犬逸事

我爹一辈子都跟家畜"打交道",打我记事起,先是那匹从生产大队牵回来的枣红马,后来是一匹改不掉野性的骡子,后来是两头驴,再到后来的羊群。我爹好像倾注进了毕生的"爱"去照顾它们,关于我们仨兄妹,用我妈的话说,就是顺带着把我们照顾一下。

后来,我爹和羊群一直没有分离过,他说现在都是机器种庄稼了,早就不需要骡马来耕田收麦子了,所以他把马圈改成了羊圈,在羊圈和猪圈的中间用草泥盖了一个狗窝,拴了两条大黑狗。

我爹去放羊的路上捡回一条牧羊犬,那时只有两个拳头那么大的一点,我妈生气地说:"家里已经有两条狗了,又带回来一条狗,养那么多狗是准备将来让狗给你养老吗?"我爹不作声,在里院外的大院里用砖头给小狗盖了一个很洋气的狗窝。

那条毛茸茸的牧羊犬,两个眼珠子贼黑,像极了黑葡萄,我侄子给它起了个名字叫"将军"。它知道我妈不待见它,极会察言观色。我爹不在的时候,它蜷缩在狗窝一声不吭,但是天快黑的时候,它估摸着老爷子和羊群快到家的时候,就一溜烟地跑出去迎我爹和羊群。羊群也把那只牧羊犬当"二掌柜"的,看见它跑来一路都自觉地排好队,按顺序进大小羊圈,大羊群进大羊圈,小羊羔进小羊圈。我爹身上每天都背着一个帆布包,装一杯水和一些吃的。这帆布包还有一个用处:如果有小羊羔出生,我爹就用帆布包背回来。后来背小羊羔的任务就落到了"将军"身上。

牧羊犬长到八个月,就像将军一样,陪我爹上"战场"。我爹说它是个难得的好"将军",风里雨里,都把"羊群大军"管理得有条不紊。夏天,我爹找个山疙瘩睡觉,"将军"就管理羊群。有只很淘气的山羊,估计是嫉妒"将军"的"二把手"的位置,也许是嫉妒我爹对"将军"特别好。它总是在我爹睡觉的时候,领着羊群在山坡上乱跑,要么就直接进军到人家的麦田里。刚开始"将军"也只是好心地、一遍又一遍地把羊群"吆"出麦田,但是那只领头的山羊不领情。它威风凛凛地站在麦田边,一声"咩",又把羊群招进麦田里。"将军"朝我爹睡着的方向瞅了一眼,嗖的一声,飞过去把那只山羊的后腿咬了一口。估计是咬到大腿上的筋了,反正那只山羊从此以后一直用三条腿走路,从前的威风也没有了。"将军"一个眼神,它和羊群都乖乖地在"将军"管控的范围内吃草。

我妈还是不待见"将军",但是我妈知道"将军"是只忠心的狗。"将军"也知道我妈还是不待见它，每天晚上回来，它总是提前十来分钟回家，不进里院，在外院门口站着，直到我妈看见它，它又一溜烟地跑出去迎我爹和羊群。

我每次回去，很好奇我妈怎么老是提前知道我爹啥时候回来，而且往锅里下面条也精准得很，饭刚端上桌，我爹就刚好进来。我妈笑笑说："你看你爹的'前锋将军'，它往门口一站，就是给我报信呢，我就能掌握时间。"

我问我妈："那你怎么还对'将军'有偏见呢？"

我妈说："有啥偏见哩？它眼力见儿好着呢。你看你爹，每顿两大碗饭，一碗多自己吃了，多半碗给'将军'了。其他两条狗都每天一顿，还都是洗锅水里加点麦麸片。你别看它一副老实的模样，精着呢。"

夏天的时候去山里，"将军"也会帮我爹抓野味——兔子或者野鸡。回来我妈爆炒一锅，香味飘满院子，但是"将军"从来不着急，它总是安静地卧进狗窝。因为它知道，野味的骨头和汤我爹都是给它的，有的时候也扔两块带肉的骨头。

那年村上来了几个贼，专在晚上偷猪。村上家家有狗，但是贼也特别狡猾，他们把有麻药的包子扔给猪圈跟前拴着的狗，等狗没有动静了，就把猪偷走。农村的猪圈大多在院子外面，房子里一般听不见动静。我家猪圈旁边也拴着一条黑狗和一条花狗。那晚大雪，两条狗也被贼的包子"哄"睡过去了。猪圈里是我妈喂养的两头大猪，"将军"在院子里的狗窝里。它听见动静，从羊圈的墙上越过去,狂叫着扑向贼。贼扔给它几个肉包子,它看都没有看。看着贼把一头猪抬到四轮子车上,"将军"又飞跃过羊圈,进到院子里,用爪子使劲抓里院的铁大门,又不停地叫。我爹听见是"将军"叫,知道出事了,披上他的羊皮大衣,拿了铁锨手电筒和我妈朝后门跑出去。那两个贼看见我爹、我妈和牧羊犬,连四轮子车都不要了,飞一般地逃跑了。我爹看看两头大猪,还有离猪圈20米的羊圈,又看了看两只昏睡的黑狗,转身看着他的"将军",满眼的温柔……

我爹的念想

上次我写的文章发表后,第二天,我妈就给我打电话说我爹放羊的时候看"快手",就看见了那篇。晚上回家,吃完饭,他们老两口就躺在了炕上。我爹问我妈:"我娃写的那篇稿子你看了没有?写的我和狗,还有羊。"我妈其实早就看过了,但她故意说:"没看,写你、狗和羊,有啥看头哩。那只公鸡把鸡粪刨了一院子,那两头大猪又把猪圈的石头拱掉了,还有几个小羊羔在'打架',把我放羊槽里的麦草全弄出来了……你看我哪有时间去看呢?"

然后我爹就一骨碌爬起来,披上他的旧棉袄,戴上他的老花镜说:"那我给你念,我娃写得还挺好的。估计你看也好多字不认识,不认识字就看不懂我娃写的。"

我妈说,那篇文章我爹磕磕绊绊地念了一个多小时。主要是念到一半他就开始发表自己的意见。比如念到那两条黑狗的时候，我爹就说那两条狗也不错，那是他那年下大雪从村头老王家要来的；念到猪，我爹说那年那两头猪可真大啊，卖掉了一头，另外一头我们美美地过了一个年；念到那两个小偷，我爹又说那年村上丢了很多猪呢，幸亏我家有"将军"，不然损失惨重；念到羊群时，我爹又说放羊成了他一辈子的"事业"。我爹还说，他的羊群超过村里其他好几家的，因为他放的羊都比他们的肥。但是念到"将军"的时候，我爹沉默了好几分钟。我妈说旱烟棒子把我爹眼睛熏得都掉了眼泪，但我觉得我爹是想起了他和"将军"的那些日子，他一定很怀念有"将军"的那段岁月。

完了我妈又说："你爹天天问你的书啥什么出来？他给赵家老头天天吹牛说他的娃现在写书哩，写得好得很。等书出来了，你爹说让你回家的时候多拿几本。他要给他们拿一本，自己的帆布袋子里装一本，他要放羊的时候看呢。"

我妈说完笑得不行："就你爹认识的那几个字，他还要读你的书呢，也不怕羊听见笑话。"

我被我妈的话逗笑了，但是知道我家老爷子是真的在等他的娃写的书呢。他要给村里人炫耀他的娃是个"攒劲"的娃，尽管他娃出的书可能没几个读者。

"快了，快了，这本书快出来了。出版社最近在整理，年底回家的时候，我保证给你和我爹多拿几本。"我给我妈说。

我爹的那些念想里，一直都有我和我的文字。我记得有一次，我爹抽旱烟的报纸没有了，我妈把箱子底里的那张报纸拿出来,说让我爹先用半张。结果我爹一下生气了,冲我妈吼:"这张能抽烟吗?这上边有我娃写的文章呢,你个老糊涂。"其实那张报纸是我15岁第一次在《少年文史报》上发表的一首诗歌,报纸拿回家就被我妈当宝贝放箱子底了。我妈以为老爷子早就忘记了,就想着拿出来让我爹先用少一半,结果我爹一眼就看出来了。

我给我爹买的手表,他天天戴着,回家总用干净的毛巾把上面的尘土擦干净。

我一直都觉得我爹的那些念想里都是他那匹枣红马,他的狗,他的羊群,但是现在我才明白,我爹的念想里还有我——他的娃。

我妈的价值观

我的第二本新书出版后,在我们县城举办了一个小小的发布会。我妈那天给我打电话的时候,我正在和朋友们推杯换盏,所以没有接我妈的电话。年关将近,百忙之中大家都能来参加我的新书发布会,我还是十二分感激。虽然互相戴高帽子的环节也没有避开我这个俗人,但我还是十分诚恳地和朋友们寒暄几句。以前她们总是叫我小名或者姚老板,可那天她们都叫我"姚老师、姚作家",口径统一得让我怀疑她们进门之前一定是商量过了,好像她们这么一叫我就真的成作家似的。贬义和褒义我都不在乎了,总觉得那些祝福是真真切切的。

结果第二天大清早,我妈又打电话过来,我睡意朦胧中接通了电话。

我妈问我:"你的那个发什么会开得怎么样了?"

我说:"一切都挺好的,至少有那么几个人知道你姑娘现在出了一本书了。"

然后我听见我爹在电话那边大声问:"你书卖了没有?听玲玲(我侄女)说你的书可以卖钱的,现在卖了多少钱了?"

我还没有回答就听见我妈扯着嗓子吼我爹:"你以为娃写的书是你赶的那群羊吗?说卖掉就卖掉,让娃一步一步地来。现在很多人都知道娃,有一点小名气了,这个可比钱值钱多了。你个糟老头子,啥也不懂。"

我妈这次训我爹训得理直气壮的。

我在电话这头,连连点头。我妈的价值观是从我"空降"到我家开始就深有体会的(之所以用"空降"一词,是因为我一直觉得我不是从我妈那"昂贵"的房子里出来的)。

然后我妈又压低声音说:"你不能太骄傲,咱要低调。骄傲容易让人膨胀(膨胀这个词是我妈第一次用,我怀疑是我侄女她们说的时候,我妈学会了)。"

我立马说:"低调,低调我一定低调。我都40岁了,小荷才露尖尖角。"

可我心想,我连高调的机会都没有,怎么低调啊,我的内心万马奔腾。

我妈又说:"你回家的时候,把书多拿几本。那天拿回来的那两本,已经送人了。村上的人知道了总会要的,咱也不能不给人家,不然显得咱太小气。"

妈呀,村上的人现在还剩几个?我家住在山脚跟,离我家最近的邻居中间都隔了七八家（不过都是空房子，大多搬去县城了）。我都能想象我妈装作若无其事地拿着我的书，坐在村中间的那座小山上。偶然有个和她喧谎（老家话，聊天的意思）的人，她一定假装先聊聊天气或者谁家的羊又肥了，然后就三句话不离本行，再从怀里掏出我的书，又假装不经意地聊起来……

但我还是对我妈说："放心吧，回家多带几本，放到面柜上，进来的人第一眼就看见了。"

我妈说："你要继续写呢，不能出一本书就不写了。要像咱村上的老支书一样，活到老写到老。"

我们村上的老支书，确实一直在写，因为他不停地登记村上人的名字和家庭住址。但我回我妈："一定一定，我放下电话就去写。"

然后我妈怕我挂电话，又急急地问："你小姨她们知道吗？"

我说："知道哩，我快手和抖音都发了，大家都看到了。"

我妈又说："咱要低调呢，不能让人说咱娃太高调了。"

我一时语塞。

你瞧啊，我妈一边想着让全世界都知道她娃出书了，成了别人眼里的"作家"，一边又不停地让我低调，怕我迷失了自己，嘿嘿嘿……

幻旅

我心心念念地想去一趟西藏，想到那片厚重、神秘、壮美的土地上去走一走。沐浴金色的朝阳，聆听经幡几百年神秘的声音，到布达拉宫前给灵魂安放一盏灯……我一直痴想着。

不坐火车，不坐飞机，就是自驾游，可是总也抽不出时间。我开始有点羡慕堂吉诃德和他的随从桑丘·潘沙。别人都说他们一个是疯子，一个是痴人，全凭自己的一份念想走四方，管它沟沟壑壑、山川大海，所到之处只种善良、正义，也永远不会背叛自己的内心。我一直这样给朋友重复着我的这个没有出发的旅行计划，朋友每次都笑话我："你每次进车库，停车时前窄后宽，连自己从车上下来都困难，你还开车去那么远的地方？"

"应该没问题，我不是一个人一口气开了 13 个小时车去了趟四川吗？停车的技术和上路的技术可以不画等号的。"我反驳道。

"难道你忘了，你头疼起来，那种要命的感觉吗？去西藏缺氧，你会把命放哪里的。"他大声呵斥我，貌似我已经启动车子出发去西藏似的。

"我不是一个向生活俯首称臣的人，如果生活想抹杀我，那是迟早的事情，但我想它会等到我给灵魂安放一盏灯后再去判我有罪之身。"我说。

这巴掌大的心啊，我想把心里的忧郁和清高揉捏成画笔，散在去西藏的路上，让它在我奔跑过的旅程上，闪闪发光。

我想带一束鲜花，在穿过怒江大桥的时候，和鸣笛声一起，祭奠永远守在那里的英雄。这轻如鸿毛的身躯，唯有向英雄们致敬的时候，满身的血液才沸腾如江。

我想戴一条丝巾，在经过康定的时候，让丝巾浸泡康定的情歌，然后折成一朵玫瑰，别在我的胸口，即便是我不说情话，那纯白的爱意也会飘去千山万水。

我想在行囊里，放一本仓央嘉措的《那一世》，在去布塔拉宫的落日里，把他的诗篇放在离心脏最近的地方，把前世和今生汇成一段胶片，放在来生的路口。如再相遇，我便用明亮、温暖和甘甜滋养我的心脏，用调了色的文字滋养我的灵魂。

三月日记

儿子从遥远的四川打来电话,他说他穿的短袖,四川那边很热。我说这边正在下雪,老家的三月份,下雪很正常。

儿子忽然沉默了一小会儿说:"妈妈,我心里很难受。"

我问:"怎么了?"

儿子说昨天陪同学去医院,排队的时候,有一位老爷爷排在最后,身体单薄,颤颤巍巍。我和同学让老爷爷先交了,我跟在他的后面。老爷爷交钱的时候,我的心像被针扎了一样。他颤颤巍巍地搜遍全身,连几毛钱都拿出来了,还是不够药钱。老爷爷站在那里像个犯错的孩子一样,不知所措。妈妈,当时我真的很难受。我把身上的钱帮老爷爷付了药钱,帮他把药装好……我和同学把老爷爷送到医院门口,我们才去重新排队。我现在想起来,心里还是很难受。

我不知道怎么对儿子说其实世上还是有很多人正承受着这人

间疾苦？我只能轻轻地说："儿子，你做得很对，在自己力所能及的情况下去帮帮需要帮助的人，这也是你人生的必修课。"

儿子又说："妈妈，下午我要去一趟孤儿院。上次我给那个孤儿院捐了一点钱，虽然不多，却是我的心意，我想和同学们去看看那些孩子……"

我回了一句："嗯。"

大雪中，我心中充满了欣慰。愿这世间，少点疾苦，多点善良。

3月12日

同学从很远的地方来看我，走的时间有点久，从日出到暮色直垂而下，星星在下了一天雪的空中，若隐若现。见到同学时，我们都看了对方一眼：日子过得真快啊，好像只是一个转眼，我们都有了白发，有了皱纹，有了岁月刻在身上的安稳和踏实。我们都信了命运的安排，都信了来人间一遭，该遇见的都遇见，该失去了都失去了，也信了人生就是见一面少一面……

浓香的酒，不敢敬来日方长，也不敢敬年少时的惆怅，只是我们都知道，那酒杯里装的是半生的雨、半生的风，还有半生的奔波里开出的花。

酒瓶里最后一滴酒也倒尽的时候，你说："我在地图上跑了一个三角形，来看你。下次见面不知道是不是又是一个十年？或者二十年？"

我无言，脑海里又倒映出了一个15岁的少女，拿着书，坐在校园里，望着夕阳总觉得来日方长。还有那个穿着白衬衫的少年，打完篮球，汗珠儿在阳光里闪闪发光的模样，可一回眸，怎么都成了在光阴里用尽全力却只能打捞到一束光的人？

你手里的画笔怎么也没有留住我粗黑的辫子，我笔下的文字怎么也留不住你干净而又灼灼的模样。这时光啊，大张旗鼓地做着刽子手。

日出的时候，你要离开，我们没有说保重，你在我的城市，怀抱一缕春风还有昨夜蒸煮的星月。我说我的书里，只字片语里有你的身影，你说书不拿了，你要给我一个地址，让我寄过去。我知道你是想在信笺里带一路日月星辰，让信笺的味道再饱满一点。你说让我继续写，让我在文字里给你留一席之地，将来放你的白胡子还有我们再次回眸时的微笑。

我回："好。"

万语，都放在握手言和的半生里……

酸菜的味道

夜半，胸口一阵疼，我随之也醒来，兴许是最近锻炼得太狠了，胸口那里岔了气。我又觉全身疼，翻身都困难……那日，我的师傅问我为何如此用力？我笑笑说："为了减肥。"其实，我是为了和时间赛跑，我怕日子太短，我怕有生之年，完不成我的那些梦想，我也怕遗憾留在风里，凋零成孤独。

起身，去书柜找陈年喜的《微尘》，我记得有一篇我还没有看完。我想看看文字，缓解一下疼痛感。不料从书柜最上边的书里边掉下来一张卡片，发黄，陈旧，字迹是蓝墨水，有些发白了，上面有一行字："你在他乡还好吗？"没有落款，没有名字，也没有地址，可我知道是写给谁的，思绪在上了色的夜里扑面而来……

那年，日子在泄了气的光阴里像个蝼蚁般地前行着，我如女儿般大，扎着两个粗黑的辫子，碎花的衣服上和裤子上总会被我母亲在煤油灯下用密密的针线缝上补丁。走在去学校的路上，我用花书包用尽全力地去遮住那两个被钉在屁股上的补丁。村边的芨芨草被风一吹，歪着头向着我，我赌气地用脚去踩它们，我怕它们也笑话我。坐在教室的凳子上，我再也不想起来，我怕我屁股上的那两个"眼睛"，招来更多双眼睛。我的那份自卑，像极了被剔光了肉的羊骨架，明晃晃地看到了弯了的脊梁。放学以后，母亲又让我放下书包，去邻居家借半斤盐。我看见母亲把已经空了的装盐的玻璃瓶子用水晃了晃，倒进锅里。我无力拒绝母亲的使唤，脚步像残兵败将般地挪向邻居家。邻居家的生活条件足足可以撑起我家的三倍，我低着头对邻家婶婶说："婶了，我妈说借你家半斤盐，过几天我妈卖了发菜就还你……"婶子放下手里的葵花籽，向着院子里给猪倒酸菜的邻家姐姐说："花儿，把酸菜先放下，去给英子拿半斤盐来。"花儿姐接过我手里的碗去厨房，婶子自然卷的头发上桂花油的味道怎么也遮不住院里酸菜的味道。那年我家没有余粮，换不来白菜。那个冬天，我家的酸菜缸是空的，母亲把晒干了的苦苦菜一顿比一顿少地存着吃。婶子家的酸菜味道冲袭着我的胃，我端着那半碗盐一步三回头地从院子里往大门口走。

"英子，是不是想吃酸菜了？我家今年腌得有点多了，两大缸，时间长有点不好了……你要是想吃，回家拿个盆来，我给你盛一盆，拿回去吃。"婶子把瓜子重新捏手里，边吃边问我。我满心欢喜，刚想回答"好"，花儿姐盯着我屁股上的两个"花眼睛"，不慌不慢地说："想吃就快点去拿盆，不然我都喂我家猪了，磨磨唧唧的。"

当时，我的表情被她的话杀了个回马枪，我愣愣地站在院子中央，从满脸通红到不知所措再到决绝的冷漠，我对花儿姐说："不吃，我家有呢。"我说完快步走出来，那半碗盐，似千斤重。

我把盐递给在厨房忙碌的母亲后，抱着我家的那只叫虎子的狗，坐在小山坡上。小山村的炊烟在空中袅袅升起，像孩子手里的画，轻描淡写无颜色。我期盼着春天快点到来，到那时，就可以有漫山遍野的野葱花了……

多年以后，邻家婶婶生病了，是癌症。我回家看望母亲的时候，母亲说："你婶子一辈子是个爱美的人，如今只剩皮包骨了。这个病要花很多很多钱，你花儿姐答应了一门亲事，对方说三个月之内结婚，可以多给些彩礼钱，让你婶婶看病……就是地方太远了，你花儿姐嫁过去怕是一年也来不了一回。英子，你等会儿买点东西去看看你婶婶，顺便看看你花儿姐，你们也好多年没有见面了。"母亲一边做着针线活一边对我说。

我无言。

那天下午,我去村上的小卖部,买了些鸡蛋、蛋糕之类的东西。我对母亲说:"你去看看婶婶吧,把那些东西都带上。我下午就回兰州了,时间上赶不上就不去看婶婶了。"

母亲抬头望望我,她用剪刀剪断了纳鞋底的线说:"那我去吧,我给你婶婶说这些都是你给她买的。"

望着母亲的背影,我湿了眼眶,那年弯了的脊梁早就挺直了,可酸菜的味道仿佛还在。

我常想怎能去责怪命运的安排?怪命运在轮回里放了比石头还沉重的东西,还是怪命运把光阴轻描淡写的一笔带过?

细雨里的温暖

傍晚,细雨还在下,我去了医院。选择这个时候去,是因为可以去急诊,急诊打吊针有床位,这样可以躺一会儿,这几天总觉得骨头和肉是分离的。

隔壁床的一对小夫妻刚刚离开,我把液体调到最小,准备睡一会儿。床位是靠窗的,能听见雨打在树上的声音,细小而柔软。街上少了很多行人和车辆,可能是下雨的原因。我捋了一下湿了的发梢,因为没开车也没打伞,细雨湿了头发。

我要闭眼听雨,我想着。

病房门被人急急推开,一个男人搀扶着一个女人。女人腿子上有血、有纱布,应该是刚刚包扎好。从谈话中知道,他们夫妻都在工地打工。下班回来,妻子骑自行车不小心摔倒了,摔破了腿,衣服和裤子都是泥巴,大部分都湿了。男人把女人扶到床边,他先让女人坐在床边,然后给女人小心地脱了衣服,把裤脚也挽起来。男人又把自己的衣服脱下来为女人披上,这才小心翼翼地把女人横抱着躺在床上。

"这下又要花多少钱啊,我怎么这么不小心啊,后悔死了……"女人小声哽咽着说。

"只要你没事就好,你别想那么多,能花多少钱?还有我呢。"男人一边抚摸着女人的额头,一边轻声安慰道。

"今天周五,明儿又该给娃打生活费了,你看我这一下子又得浪费好多钱,唉!"女人说着,眼泪和雨水打湿的头发粘在了一起。

男人用手轻轻揉着女人的脸颊说:"医生说了,不碍事,就是腿子划破了一道口子,没有伤及骨头。缝了几针,过几天就好了,咱不担心好不好。你快点好起来,过几天我带你去看亥姆寺的桃花,开得正好呢。"男人温柔地对女人说。

女人破涕而笑,男人为女人整理着凌乱的头发,用手擦去女人脸上的泥巴,动作很轻柔。

男人小声问女人:"饿了吧,等会儿打完吊针,回家我给你下面。西红柿鸡蛋面,好不好?"

"我不饿,你一定饿了吧,累了一天了。"女人心疼地对男人说……

我把头扭向窗口,雨还在下,可忽然觉得那是一幅很温暖的画。

我见过深夜里坐在宝马车里一边抽烟一边哭的女人,也见过凌晨五点在马路上一边捡垃圾一边哼着小曲的人。

所以,你瞧,该怎样去定义真正的幸福?

三哥

昨夜,又梦见三哥了。他穿着中山服,嘴里叼着一根烟,和斜阳一起进了门。

我问他:"三哥,你吃馍不?这是小红做的馍馍,很好吃。"三哥微笑着看着我,没有说话。我心想原来去世的人真的和在世的人不说话,梦里我都清楚地知道三哥已经去世了。我伤口上的疤我都能感觉到,那么清晰。我望着三哥转身去了院子,我知道,三哥是去看看他牵挂的三嫂……

关于三哥,大家的评价都是:"这人太爱喝酒了,一天到晚吊儿郎当的。"可我依旧很怀念三哥,他去世三年了,我梦见了很多次。他每次都是那身中山服,每次都是叼着一根烟,每次都微笑着,每次都不和我说一句话。

我一直觉得三哥的身体里,住着江湖,住着一个少年。他曾经为他喜欢的姑娘和别人拼过命,他把别人打断了几根肋骨,别人也在他身上捅了一刀。他被朋友抬回家的时候奄奄一息,我婆婆看着满身是血的三哥说了一句:"这挨千刀的,咋不死在外面?"

三哥的"刀光剑影"早就在家人的心里定性为"浪子",且是永远也回不了头的"浪子"。

三哥做过音箱生意,他和一群哥们扯着嗓子把音箱的扩音器内脏"振"得散了架。

三哥也做过衬衫的生意,他每天都换衬衫和领带,顾客都不知道他摊上的衬衫还有哪件是他没有穿过的?我婆婆曾咬牙切齿地说:"我那混账儿子,拿完了家里的钱,做啥啥不成,全败光了。"

三哥去西安打工,喝醉了爬上了西安的城墙,吼破嗓子唱那首《精忠报国》。

三哥曾在半醉半醒中,拿着大号笔龙飞凤舞地在纸上写道:"生不逢时。"

可就是这样的三哥,对三嫂疼到了骨子里。30年前,他认识三嫂的时候,三嫂没有嫌弃三哥一穷二白。三嫂是正宗的城里人,虽说不是大家闺秀,可父母也是拿工资的人。三嫂一眼就看中了三哥,别人都劝她:"这个人吊儿郎当的,家还是临洮农村的,你可不能毁了自己。"三嫂家里人更是火冒三丈,甚至不让三嫂见三哥。三嫂一言不发,她把世俗挫骨扬灰,撒在黄河边,怀着侄女,带着家族遗传"受伤"的一条腿,和三哥连夜回到老家。家里除了三棵披了新衣的果树，其他的都破旧不堪，连房顶都漏风。可就这样，三嫂还是死心塌地跟着三哥。三哥承诺三嫂一定让她过上好日子，三哥承诺他的拳头这辈子都不会落在三嫂的身上。

三嫂等三哥让她过上好日子，等了二十年。三哥也尽力了，他学着做生意，可是做什么赔什么。他打工，可那些钱不够孩子上学的。三嫂在油盐酱醋的日子里，也和三哥吵架，也砸东西。可是我们听见他们吵架，也当没听见，因为，第二天太阳升起来的时候，三哥准陪着三嫂去吃早点，院子里都是他俩的笑声。他们吵架，从来都没有隔夜仇，三嫂可以砸完所有三哥的酒杯，可三哥拳头从来不落在三嫂的身上。

三嫂的母亲来老家看三嫂，她走时是哭着走的，凌乱的头发在一路的黄土里刺痛着三嫂的心。三嫂在她母亲走后的那天黄昏，站在龙头山上，望着兰州的方向哭着说："妈，这辈子对不起您和我爸，养育之恩来生再报。"

可这世上，哪有母亲不管自己孩子的？三嫂的母亲后来把三嫂、侄女和三哥都接到兰州，给他们租了房子。三哥三嫂上班，他们帮三嫂照看孩子，日子依然艰难，可是却比以前好了很多。三哥在此后的二十年，对三嫂的爸妈尊敬有加，家里有累活苦活他都抢着干。三哥厨艺很好，闲暇时间也会给老丈人做几道可口的菜，和老丈人小酌几杯。

我婆婆总是给别人说："我养的那个儿子，是给他丈母娘家养的，和我一点关系都没有。你们看，我花不上他一分钱。"我从来不反驳婆婆的话，她是母亲，母亲的感受旁人体会不了，可是我知道三哥心里有杆秤，秤砣在他吊儿郎当的心里无比公平。

我儿子六个月的时候，三哥把他托在左手，右手拿着烟，逢人就说："这是我儿子。"然后别人把诧异的眼光投向了我老公，我老公吃饭的时候对三哥说："哥，以后说话的时候注意点。"

"咋了，他是我亲侄子，就是我儿子。"三哥嚼着一半入喉一半在嘴外边的面条说。

我儿子三岁的时候，跟在三哥屁股后面喊："三爸，三爸，我要吃糖。"三哥两手举起我儿子，放他肩膀上说："走，买糖走。"别人开玩笑地说："老三，你儿子真像你。"三哥将脚下的石子不偏不斜地踢在那人的要害处骂道："妈的，你欺负老子没儿子是不是？"

隔壁的小英对我说："别人都这么乱开玩笑，你和你老公咋不生气？"

我说："你站直了去太阳下，你的影子会歪吗？"

……

我女儿五岁的时候，有了小心思，可是我们忙着挣钱，顾不上她的那些小心思，三哥便陪着我女儿在大大的露天阳台上堆雪人。他用辣椒做了鼻子，用炭渣做了眼睛。三哥把自己夏天干活的草帽戴给雪人，把我的丝巾偷偷拿出去系给雪人，于是，女儿的笑声撒满那个冬天……

三哥去世三年里，每年冬天，女儿都会一个人在露天阳台堆一个雪人，辣椒做鼻子，炭渣做眼睛，把我的丝巾偷偷拿出去系在雪人的脖子上。只是雪人的旁边多了一句话："三爸，我想你了，你在那边还好吗？"我站在屋内，透过玻璃，眼睛越来越模糊，模糊到看不清楚雪人的眼睛。

三哥去世的那天，阳光明媚，家家都开始忙着准备新年的东西。医生抢救三次后对我们说："回家吧。"

趁着三哥身体还软，我们在雇的车上给三哥穿了寿衣，一套灰黑的中山服。车出兰州高速的时候，夜包围了群山，我打开车玻璃，用尽全力喊："三哥，我们带你回家。三哥你别走丢，跟着我们回家。"声音划破夜空，冲向九霄，三嫂在车后座扶着三哥的胳膊哭得失了声。

葬礼三天，三天的时间，儿子、女儿、侄子们在三哥灵位前守了三天。他们不停地给三哥灵位前的茶杯里换着热茶，蜡烛点了一根又一根……

三哥出殡那天，81岁的婆婆问陪着她的三个姑子姐："我好长时间没有见过老三了，他去哪里了？挣钱去了吧？"

大姑子姐用身体挡住了玻璃窗，窗户下面的马路上，放着载着三哥棺材的灵车，唢呐声和鞭炮声撒了一路，而那时，满头白发的婆婆已经完全听不到声音了。她笑着和姑子姐们聊天，她巴巴地看着姑子姐们的嘴唇，二姑子姐说："今天太阳很好。"婆婆说："今天我喝了两杯牛奶了……"

三哥去世三年了,可是我们谁都不提让三嫂再找个陪她的人,因为我们知道,三嫂这一生,心里都住着三哥,谁也替代不了三哥。

三哥,下次如果你还来我梦里,你记得还要微笑,只要你对我微笑,我便知道山上的桃花和杏花都开了。

重生

手术后第六天,我感觉自己又重生了一次……别人的甲流大多一笔带过,但我没有那么幸运,"甲流"久久不愿离开我,一个礼拜都不好。它侵蚀着我的肺部、心脏甚至思想,它让我的思想变得浑浊不清,它让我觉得连风都在躲我。不得不住院,更可气的是这时候又来个急性阑尾炎,痛得我失了分寸。原本是个小手术,却因为咳嗽和贫血,迟迟不能做。于是,每吃一口,胃就毫不客气地对抗,抽搐得痛。我挣扎在甲流和急性阑尾炎之间,感觉痛不欲生。咳嗽不好,手术就没办法做,每天的液体从两瓶增加到五瓶,吃的药从一种增加到四五种……这些看起来不要命的病真正侵占人的身体后,依然有一种生不如死的感觉。第四天,我在医生查房时忍住不咳嗽。医生问我是不是不咳嗽了,我使劲点头。医生说:"好,明天做手术。"我想先解决掉一种疼再说,但忽略了好多事情需要一步一步来。进手术室前,怀孕八个月的朋友对我说："小手术，不碍事。"连夜赶过来的闺密拉着我的手说："亲爱的，你别怕，不会有事的。"二嫂拿着我的衣服，一脸担忧……明明一个小手术，瞬间演变成生死别离的场面。原本想快快结束这个小手术的我，心里也开始忐忑不安。我坐在手术门口挂着点滴等，来回走过的护士或者做完手术出来的医生有意无意地扫我一眼，我想我坐得端端正正的姿势，足够让他们放心。"下一个，进来，叫什么名字？打麻药。"有人叫我，这呼叫人的声音，让我一下子想起了"宋二娘"。一听这声音，我头皮发麻。"躺上去，衣服弄上去，侧身，双手抱腿，蜷缩起来，露出腰椎……"我莫名地开始冒汗，身体有点抖。我以为我是病人，所遇之人都该温柔至极，顺便配合一下我脆弱的情绪，但麻醉师根本就不会惯着我。那架势像极了终于等到了报仇雪恨的机会似的，她把针管从我腰椎抽出来的同时又喊："谁做手术？快点，赶十一点还有一个手术呢！"我确定她比医生更掌握着生死大权。主刀医生很温柔地说："不要害怕，这个手术很快，麻药是半身麻，也不会疼。"我点点头说："好。"麻药开始起作用，从脚指头开始，我试图动我的脚指头，没感觉，麻药到腰部的时候，医生和护士开始在我的身上盖手术单。整个肚子上一遍一遍抹消毒液，我听见了手术刀和夹子的声音。此时，"听觉"统领了整个身体系统：刀子划破肚子的声音，夹子夹肠子的声音，肠子被夹子惊扰后挪动的声音……我从来都不知道听觉可以好到让我头皮发麻的地步，细细的汗珠爬上额头、鼻子、脸颊。我想，此时恐惧比疼痛更可怕！手术做了四十分钟左右，我听见医生对护士说："这是疼了多久啊，都粘连在一起了。"我的意识开始变得模糊，左边的上半身失去了知觉，我用仅存的意识问坐在我头上方不远的"宋二娘"："我感觉我要晕过去了。""麻药上头了……"其他我来不及听见！早上九点手术，晚上十一点我醒过来了，伤口痛得厉害。我知道她们说这是个小手术不疼之类的话都是骗我的，我居然相信了所有善意的谎言。呕吐得厉害，因为手术之前一天未进食，吐出来的全是黄水，苦得不得了。我试着动一下身体，没成功。听觉还是领先：呼吸机的声音，脉搏机的声音，心电图机的声音，还有因为呕吐得厉害，心脏跳得特别厉害的声音……第二天中午，太阳从窗口射进来，我顺着窗口看见窗外医院小广场上迎春花开得正好。我想终于熬过去了，有一丝欢喜穿过伤口，侵入我的双眼。医生说可以尝试着坐起来。家人帮忙搀扶着我，可那一瞬间我痛苦万分，坐不起来。只要一抬头，所有的痛都冲上头，剧烈疼痛，左脑不听使唤，支撑不了身体，躺下再起，尝试了十几次，还是起不来。我闭着眼睛安慰自己：一定是做完手术都这个样子的，很快就会好起来！第二天、第三天、第四天都一样，起不来，我开始慌了。医生每天给我换药，都是止痛药，让我尝试。我哭着问查房的医生："我起不来了，头剧烈疼痛，起不来了……"我重复了一遍又一遍。还是那个男医生，还是很温柔地说："别着急，这是麻药的原因。有些人的反应比较长一点，但慢慢会好，好好吃饭，保持好心情。相信你，一定会好起来。"我愿意相信医生的话，痛得起不来的时候不再挣扎，配合吃药，大量喝水，也让心情安静下来。甲流和急性阑尾炎手术，不过是个极小的病，别人三天出院，我却在医院前后半个月，像演绎了一场生死存亡的影片。你看，我们总是被死亡威胁一次或者被疼痛折磨一次，才觉得那些免费的东西那么珍贵，比如空气，比如太阳，比如亲情，比如友情，比如从窗外传来的欢声笑语……儿子从千里之外的四川赶回来，陪我一天，又匆匆赶回学校。儿子说："我的娘亲，看你一眼，我便安心了。"朋友发来信息："那些桃花和杏花开得正好，快点好起来，我带你去看……"我回："好。"已是人间四月，万物的生命力正开始强起来的时候，真好，我想。

母亲

我的邻床是一位68岁的大爷,他需要做甲状腺手术,有点严重,两边都需要做。他是在我做完手术后的第二天进来的。我因为麻药过敏的原因,坐不起来,头剧烈疼痛,只能躺着。大爷被他儿子安顿好,躺在床上吃瓜子。病房里只有他嗑瓜子的声音,充斥着我剧烈疼痛的脑瓜子。大爷一边吃瓜子,一边问我:"丫头,你吃不吃瓜子?吃瓜子就不疼了。"我转不了头,就摆了摆手。

我摆手的姿势里有自己不想吃的意思,也有希望别人也别吃的意思。我全身不能动,听觉却出奇地好,听觉太好,脑瓜子就疼。

老爷子的儿子进来对老爷子说:"医生说明天做手术,今晚九点以后不能吃不能喝。"老爷子一听,嗑瓜子的速度又加快了,我想老爷子估计想在晚上九点之前把那些瓜子嗑完。

我母亲打了两次视频我没有接,没力气接。我挣扎起来上过一次厕所，就像用完了这辈子所有的力气，躺下就昏昏沉沉的，也不敢接。我母亲看见我这个样子该多心疼？山高路远，母亲又晕车特别厉害，她无法来我身边，一定万分着急。我不愿我的母亲孤独着急的背影撒在大门口的西北风里。20年前，我出车祸，母亲知道后，因自责无法去我身边伺候我，赤着脚在雪地里来回奔跑。此后的20年，每每想起，都将我的心刺得生疼。所以，每次生病，我都会想尽办法瞒着母亲，但我常常忽略了那种感应：母子连心。我每次生病，母亲每次都会知道。只要母亲活着，我永远都是让她牵挂的"尕女"。

第二天，老爷子做完手术，安静了很多。他脖子上被纱布包裹着，呼吸机、脉搏机和氧气，从我的这边床头柜转移到老爷子那边的床头柜。陪着他的儿子，去外面转的时间远远超过了在老爷子身边的时间。老爷子安静地躺着，偶尔从嗓子里发出难受的呻吟。老爷子的手也会时不时地紧抓着床边，他难受，但是说不出来。

太阳去西边的时候，有人陆陆续续地来看望老爷子。病房里站了一堆人，大家七嘴八舌地说着，貌似他们这样说着，老爷子就会忽然好起来似的。二嫂怕吵到我，一次一次地用眼神"警告"他们，但无济于事，他们还是将自己的语言发挥到了极致。我头昏脑涨，也无力反驳，所有种在我脑子里的文字，此时也崩溃瓦解。

一个小时后，他们终于散去，老爷子还是安静地躺着。

病房门再次"吱"的一声，我转过头，看见一位瘦小的、嘴唇干裂拄着拐杖的老太太颤巍巍地走进来。她慢慢地、轻轻地、小心翼翼地坐到老爷子床边的凳子上，又小心翼翼地握着老爷子的手问："我的娃，疼不疼？你可受罪了……"

安静了一天的老爷子，艰难地从喉咙里喊了一声："阿娘……"

她是老爷子90岁的母亲，她知道老爷子今天做手术，昨晚一夜没睡。今天她又央求村里来县城的三轮车，带她一程，她想看见她的儿子！

那一刻，我泪流满面，是感动。无论在这世界上活了多久，只要母亲在，便一直都有人牵挂！

又过一日，我姐打电话说："妈给大家轮流打电话，已经'诈'出了你生病住院的事情，嚷嚷着无论用什么办法也要去看你。"

我说万万使不得，老太太的身体经不起长途跋涉，又晕车厉害，路上有个好歹，我们都将一生良心不安。

最后没办法，哥哥、姐姐、侄女、侄女婿一起劝我妈，让她安心在家，然后哥哥、姐姐、姐夫、侄女、侄女婿浩浩荡荡地来看我，并将视频发给我母亲，母亲才放心！

世间万千爱，唯有母亲的爱，从生到死都不减分毫。

少女，安啦也！

很多年前，我记得是夏天，我还在兰州的一条小吃街上，给一家炒面馆当炒面师。那年的蚊子特别多，昏暗的后堂里，炒勺里一次能出四碗炒面，大多是给夜店里的姑娘们做的。她们会在深夜十二点多或者一点多出来吃夜宵，浓妆艳抹的姑娘们会到我们小面馆和我的老板打情骂俏一会儿，然后对着后厨的我说："厨娘，给我们来四碗炒面，辣椒多多的。"

我会快快地回答："好嘞，稍等马上就好。"

给我打下手的是天水的一个小姑娘，白皙的皮肤，长长的睫毛。她总是在听到她们喊我的时候嘟囔一句："不要脸的小姐，又来勾搭我们老板。"

我每次都会望望她。提起我们老板，她总是有一团红晕挂在白皙的脸上。我想，她暗恋了！暗恋我们那个戴着800度眼镜，但特别斯文的老板。

有天下午，我的一个朋友背着一个破旧的旅行包来小面馆找我，她说："姚啊，我要去很远的地方，今天过来见见你，我就要走了。她17岁的眼里全是诗和远方，我给她炒了一碗面。姚，你的厨艺不错啊，等我以后有钱了，我投资你开一家面馆。"我说好。

很多年以后，我没有开面馆，她也没有投资让我去开面馆。她跑过很多地方，看过很多风景，风霜染了她曾经一头浓密的头发，诗和远方最终换成了柴米油盐。她最后一站去了拉萨。她曾在布达拉宫的前面，照了一张照片，没有很飒的动作，眼里只有平静和安稳。

火车票是凌晨1点的，我给天水的那个小姑娘说："如果晚上那几个姑娘来吃面，你一定记得两碗两碗地炒，多放辣椒，面多点。"她又嘟囔一句："什么姑娘啊，都是坐台小姐。"我没有反驳，我尊重每一个用"活着"的方式活着的人。职业干净的人灵魂和心不一定很干净，职业很"脏"的人也不代表她的灵魂和心也脏。

时间还早，我和朋友在火车站附近慢慢地溜达着，她忽然说："火车站地下厅有个放录像的，我们去看看，反正时间还早。"

"我没有去过那地方，听别人说很不安全。"我讷讷地说。

"怕啥，有我呢，我可是跟我爷爷学过武术的。"她摆了一个很飒的动作。

但是，进去以后，我就后悔了，昏暗的厅，昏暗的人头，脚臭味、烟味，还有当时我那个年龄不太了解的另一种味道弥漫着这个录像厅。看不清楚那些人的动作，听不清他们低低的又乱糟糟的声音。我被朋友拉到最边上的一个角落里，悄悄地坐下。朋友东张西望地打量着那些昏暗的人头，我开始认真地看录像。现在模糊地记得好像是那部《少年也，安啦》。影片中间有香艳的镜头，我和朋友逃出来的速度能赶上被人追打的老鼠。出了录像厅，我们大口大口地吸着外面的空气，那是我第一次觉得地下和地上是有区别的。

多年以后，我依稀记得，朋友在火车启动的那一刻，取下她破旧旅行包上的红丝带朝着我使劲舞动，并朝着我大声喊："少女，安啦，少女再见……"她一直大声地重复着那句话，直到火车消失在月色里。

昨天，她给我发信息："姚，给我寄一本你的书吧，在书上给我画一朵梅花吧。西藏的雪很厚，风很大，太阳又很远，我想在你的书上看一朵梅花盛开的模样。"

我说："好，如果你去布达拉宫，记得带上我的书，翻开中间的一页，收一束布达拉宫前的阳光，可好？"

棺材板

我"五一"回家那天早上,打电话给母亲说中午就到家了,母亲像孩子般的笑声从手机那边传过来。我笑她,孙子和重孙们都回家了,看把你开心的。母亲说:"就差你了,娃们把吃的都准备好了,你路上慢点,不要着急,注意安全。"挂完母亲的电话,我归心似箭。母亲的老院杏花开得正好,母亲的炉子还烧着,母亲做的馍馍味道在我心间跳舞。两百多公里的路,诱惑着我的心脏。我在车上一遍一遍地回忆着母亲的影子:年轻时粗黑的辫子,碎花布的衬衣,脚上永远是一双黑色的布鞋,匍匐在山间捡发菜的背影,在煤油灯下把发菜里的碎草一根根用针挑出来的身影……第一次坐在我车上眼里闪着泪光说:我娃真的长大了;第一次将我的书捧在手里一遍遍地说:这是我娃写的书……我一遍一遍地回忆着,山和树在眼里越来越模糊,故乡的影子却越来越清晰。

母亲站在大门口，头上的头巾是侄子从西安买回来的，身上穿的衣服是侄女们从县城买回来的。每次我总是笑着对母亲说："你的那几个孙子长大以后，我都忘记给你和我爹买衣服了。"母亲总是说："不买了，不买了，这几个娃我又拦不住，他们悄悄就买回来了。"其实，我也假装忘记给母亲买衣服了，我觉得她穿着几个孙子买回来的衣服，心里别提有多开心了。他们都是她一点一点拉扯大的孩子们，如今孩子们回报她，这份孝心足够让我妈在村里人面前昂首挺胸地走路了，那是她的骄傲。

斜阳挂树梢的时候，我说我出去转转，母亲赶紧拿了棉衣让我穿上。她陪我出门说："我知道你想去山上转转，风大，你身体还没有恢复好，把棉衣穿上。"风将母亲从头巾里露出来的白发吹得很凌乱，我用手轻轻地将母亲的白发别到耳后。我不敢看母亲脸上的"沟壑"，那里藏了太多我们还有侄女、侄子们成长的脚步，每一步都带着岁月深深浅浅、长长短短的"为难"和"吆喝"。无论怎样，我用尽全力此生都填不平它，我该如何做？再大的风都回答不了我。

在靠西边的小山丘上，母亲说："你看，今年的雨水少，发菜也少。"说完母亲蹲下去捡发菜。母亲蹲下去的背影，让我瞬间泪目，我转过头说："风沙好大……"

晚饭的时候，我哥悄悄给我说："咱妈这几天，天天都念叨着给她做副棺材。这么多年了，村里其他老人都是提前做好好多年了。咱妈从来不提，可是这几天，天天念叨……我和你商量一下，要不我们也按村里的规矩提前给咱妈做一副……当然你要是觉得不行，咱就不做了，他们是他们，咱妈是咱妈。"我哥用商量的口气跟我说。

如果是早几年，我肯定会和我哥大吵："人还活着呢，做什么棺材？有病吧你。"可是现在我不会吵，我坐下心平气和地跟我哥说："做，要柏木的，提前购柏木，晾干后七月份再做棺材，钱我来出。"我哥说："都是儿女，你出一半，我出一半。"

我说："行。"

孝道面前，我是出嫁的女儿，我不能抢了哥哥的风头，这不合规矩，我懂。

夜里，躺在母亲身边，关了灯，母亲小心翼翼地对我说："其实我还硬朗得很，但是看着其他老人提前做棺材，心里痒痒的。人死不过几张木板，不用太好，松木的就可以了，还便宜……"

泪噎了我的喉咙，我说不出话来，只能用"嗯"来回应母亲。

夜里的风很大，吹得外面电线杆像吹哨子一样，明天母亲院里的杏花又会落一地。

我的娘啊，我怎会不知道你是因为身体越来越差，你怕万一有个闪失，会让我们兄妹手忙脚乱。你想提前把啥都准备好，有一天安安稳稳地走，也好让我们不慌不忙地为您准备身后事，我怎会不懂？

我希望风再大点吧，来压住我藏在被子里的哽咽声……

"抠"老头

"抠"老头走了,葬礼按老家的规矩,风光又体面,儿女们都是体面的人,人来人往,宾客满棚。葬礼持续了两天,老天携带厚重的云朵包围天空,参加葬礼的人和在葬礼上帮忙的人总是时不时地抬头看看,怕大雨来得措手不及,怕大雨将葬礼上的一切搞得"拖泥带水",但是,老天硬是憋着不下。

两天后,"抠"老头入土为安,老天便开始倾盆大雨。大雨下了两天两夜,住县城南边的人,用手机拍了雨水淹没小桥,倾泻而入于横在康乐与临洮的河坝里。

人们都说:"抠老头的运气真好啊,老天硬是等着他入土为安才洗礼人间……"

老头活着的时候,给所有人的印象都是他特别抠。抠到十年如一日地穿同一条裤子;抠到儿女们给他买的新衣服他从来不穿,穿的一件衬衣也不知道是谁不穿了扔了,他穿在自己身上再也不肯脱下来；抠到从来不浪费一丁点儿的粮食；抠到儿女们多买一点菜都会被他骂半天；抠到去酒店吃酒席，总会在怀里偷偷拿些大家吃剩的饭菜；抠到家里所有

的水龙头的下面都放了盆子；抠到用洗完菜的水洗拖把，用洗完拖把的水冲厕所……

儿女们也习惯了他的做法，在外面可以参加聚会，大吃大喝，但回家一定按照父亲的规定，小心谨慎地做事，吃饭不浪费饭菜。

好像所有的人也习惯了他，酒席上都假装看不见，甚至有人在开席前就给他一个塑料袋子，让他自由装菜。但在背后大家都叫他"抠老头"。

老头出生于1939年，出生地在有着苦水玫瑰之称的永登县苦水乡。老头的父亲是地主，所以他们家成分不好。老头是家里排行老二，"清汤寡水"的年代，能活着好像成了人们唯一的目标。1946年，苦水村闹饥荒，"抠"老头和家人靠土豆撑过那段艰难的日子。日子虽然艰难，但一家人还是用积极乐观的心态面对生活。也许是那个年代岁月的特别"馈赠"，让他们那代人在活着的时候很少埋怨生活。他们更懂得感恩和珍惜活着的每一天。

后来，"抠"老头参加了永登至兰州再到康乐的信差——毛驴信差。因为家庭成分不好，所以他特别珍惜这份工作，这也让他找到了自己真正的价值，而且一干就是一辈子。

缘分的原因吧，他在后来落户到康乐县，生活条件渐渐好

转，可是"抠"老头并没有忘记老家的父母与兄弟。大哥的生活条件一直不好，"抠"老头总是从嘴边省下一口粮食给哥嫂，也总是在逢年过节的时候给哥嫂的几个孩子买几件新衣服。他的这份坚持一直到哥嫂的孩子们都能自力更生的时候才放手，但是他老了。

"抠"老头老成了一张黑白照片，挂在了墙上，但葬礼上再也没有听见一个人叫他"抠"老头。他的葬礼风光且体面。

遗憾

那晚，晚风很柔，我坐在阳台上喝茶，微风中远远地能看见对面凤凰山上的灯火灿烂。我无数次地想在晚上去那座山上，在月光下喝茶。

儿子坐在秋千上，月光照在儿子的脸上，轮廓分明，眼里有光。我暖暖地看着他：我的男孩长大了，他的微笑很暖人，他的酒窝很好看，他的手指细又长，他的头发很浓密。我想：他也是个非常善良的男孩，应该有很多女孩子喜欢他吧。

我和儿子有一搭没一搭地聊着，儿子说："妈妈，每个月都抽时间去看看奶奶吧，奶奶的身体越来越单薄了。"

我说"好！"

儿子每年假期都去看我母亲，他和我母亲的感情极深。母亲做的饭菜口味越来越淡，有时候她总会忘记放盐或者放调料。不管谁回老家，母亲都会包饺子，而且永远都是土豆馅的饺子。侄子从初中到高中到大学，再到毕业工作，假期回来朋友圈晒的都是我母亲的土豆馅的饺子。我儿子回家第一天在朋友圈晒的也是我母亲包的土豆馅的饺子，并附上一句：我奶奶做的饺子就是无敌好吃啊。我常想，孩子们的善良才是我母亲这么多年坚强地与病魔抗衡的原因吧！（七八年前，母亲住院，医生下了三次病危通知单，我躲在十五楼楼梯口，哭得把指甲都陷进了手掌心。医生让我们回家，说母亲活不到年底……）

月亮躲进树梢的时候，儿子忽然望着我说："妈妈，上次和我借两千块钱的那个同学，在住院的第十天自杀了……从十二楼跳下来了……"

我愕然，一时间不知道说什么了，心里忽然很难过！但是更多的是不知道和儿子说什么。

有段时间，儿子总是从遥远的四川打来电话，他会和我聊很多：四川的火锅、天气，还有学校对面的那条河。他也对我聊他的那个同学："高三的时候和他一起在兰州读过，父母不怎么关心他。他的抑郁症越来越严重，他的父母不理解他……"儿子给我聊他同学的时候，总是很心疼他，他说："妈妈，他要是咱们家的孩子多好啊。"

我也每次只能跟儿子说："这世上的事情，很多我们都无能为力。"

后来，儿子上大学了，那个同学去上海打工。

五月份，儿子打电话问我："妈妈，能不能借我两千块钱？我的那个同学住院了，一个人在医院，他爸妈不管他，他想和我借两三千块钱，他住院可能没有钱。"

当时的我想：父母对这个孩子再不好，也不可能在孩子生病需要做手术的时候，让他一个人在医院。生而为人，至少没有那么狠心的母亲吧！

于是我对儿子说："你还是个学生，你可以去看看他，可以陪他说说话，可以给他买点水果，但是住院做手术还是需要他的父母在身边啊！我给你三百元，你给他买点水果吧……"

那天后，儿子一个星期没有给我打电话。我给他打电话说起那个同学，问儿子水果买了没有？

儿子说我给他的三百元，他自己又从生活费里拿出五百元，转给他的同学了。他说比起水果之类的，他可能更需要钱！我没有多说什么，因为我知道我的儿子一直很善良。我也想，也许他的那位同学被父母照顾得很好，也许很快也就出院了。

此后的很长一段时间，儿子都没有再提起那位同学。我也渐渐地忘记了那位同学。

月光在儿子的脸庞上，一半明亮，一半昏暗，儿子在秋千上沉默了很久。秋千轻轻地来回荡漾着，我再也没有说一句话，自责充斥着五脏六腑。

第二天的下午，我给儿子发了一条信息："当时我没有给你那两千块钱，你是不是在怨恨妈妈？"

儿子回我："妈妈，我从来没有怨恨过你，我知道你说的话都有道理。只是夜深人静的时候,我常常想,如果当时我想尽办法给他凑两三千块钱,结局是不是会不一样……"

我坐在车里泪流满面,为儿子的善良,也为当时自己的自私。

那个孩子……应该已经成为一颗星星了吧。

陪读的妈妈

因为感冒,在家浑浑噩噩地躺了三天。

女儿吃了三天的炒年糕,然后对我说:"妈妈,炒年糕半年以后再吃可好?"我才发现,我三天未下楼,三天未买菜,给女儿做的顿顿都是炒年糕。

女儿又问:"你的书写完了吗?"

"没有。"我懒散地回答。

"我上高中的时候能不能写完?"女儿问。

"高中之前或者高中之后吧,谁知道啊。"我一边炒年糕,一边回答她。

"那就我们一起努力吧,你的书出来,我一定又是第一个读者哦。"女儿开心地说。

"好啊,不过出书之前,你也帮我找错别字啊。"我对女儿说。

我知道女儿这几天考试,她回来发牢骚说题难或者说背的东西没有用上，哪怕晚上做题到十一二点，我都没有过多的干涉。我知道我女儿是个很自律的人，是个在学习上很少让我操心的孩子。我也知道我是陪读妈妈啊，但是陪读的意义不是过多地干涉她的生活，还有她的思想。如果她难过我可以开导她，遇到困难我们一起解决，我可以在她思想跑偏的时候及时帮她"拉"回来，但不会过多地去干涉她的思想。过多地去干涉她的思想，就会让她产生依赖感。有依赖感的孩子一般自主能力不强，我希望她有自己的主见。也不是在生活上事事都为她准备妥当，让她衣来伸手饭来张口，她也得学会自己生活。

我见过太多的陪读妈妈，给孩子无微不至的照顾。孩子的要求基本不拒绝，孩子说什么就是什么，孩子吃什么就立马给做什么，一切都以孩子为中心，从来不去想自己是不是还有梦想未完成？也不去想这样的生活到底是不是自己想要的？一味地付出，一味地迁就，可到最后发现，孩子并没有因为妈妈把所有的精力都投入到孩子自己身上，而让孩子变成妈妈想要的模样，妈妈最后也没有活成孩子想要的模样。很多母亲到最后开始怀疑自己的能力，怀疑自己不是一个合格的妈妈。

我觉得陪读的意义就是：我可以偶尔做个偷懒的妈妈，也可以做自己想做的事情，因为每个妈妈都有自己的梦想，我不能失去自己。陪伴的过程我们彼此鼓励，彼此陪伴，一起变优秀，这才有意义。

作为一个陪读妈妈，最重要的还是不要失去自我，在孩子的心中树立一个有正确价值观的妈妈。陪读妈妈要有让孩子去敬仰的地方,任何时候都要让孩子明白,妈妈也是个很厉害的人。

回头看，轻舟已过万重山

人生，有遗憾吗？有啊，比如有人从小就失去了疼爱自己的母亲，比如有人在最该认真学习的年纪里却只能去茫茫人海里为填饱肚子而奔跑，比如有人被岁月活生生地打碎了曾经的梦想，比如有人用尽全力爱的人最后成了爱而不得的人……

挫折会来，但也会过去，泪会流吧，但也会被擦干。可是念旧的人，活得总像个拾荒者，背上放一个背包，里面装满了过往。他时不时地坐下来，在有月光的夜里，一件一件地掏出来，细数它的来历，它的悲欢离合，它曾经有过的山山海海。

有个女孩曾经给我说："15岁那年，因为学校霸凌，老师不管，父母都是老实人，我身上的伤一次比一次重，却无人看见。我的生活里看不见一丁点儿的光。有天夜里，我喝下了一整瓶的药，半夜头重脚轻，我好像去了另一个世界，再也没有一丝疼痛……当我再次睁开眼睛的时候，阳光透过窗户，我看见母亲的白发和红肿的眼睛。母亲说是村上的赤脚医生用浆水把我救活了，从那天起，我学会了捡起石头扔向欺负我的人。"

有个男孩风轻云淡地谈起他的母亲：从小丢下他，去找自己的幸福。他和父亲、爷爷相依为命，他从小咬着牙，从不向生活喊苦。他小小的身躯里忍受着生命给予他的责任，忍受着现实给他的幸福和苦难，还有无聊和平庸。可是他一点儿都没有退缩，就像一根稻草承受着三千斤的重量，依然没有压断他。多年以后，他像身经百战的战士，生活再也打败不了他。他的母亲再次与他相认，他说他没有惊喜，没有仇恨。他风轻云淡地和他的母亲聊天、吃饭，带她去看七月的山海风景。

几年前，有个叫憨憨的女子说："我在心里种下了七月的风、八月的雨，我在有月光的树梢下给那个爱而不得的人写下了一首诗。"

先生爱走到了尽头

我掏空所有

却没什么可以给你的

而你却给了我很多

整个北方的春天到秋天

整片的星空

凌晨三点的月光

还有像向日葵一样的青春

你的双眸揉碎了夕阳里的我

而我像一棵不开花的树

心脏装着整个宇宙的悲凉

咀嚼着忧郁看你温柔的脸庞

月光都无法与你媲美

秋天到了

层林深染

在那场大雨里

我把所有的回忆铺成一条路

你在路的这边

我转过身

走向路的那边

……

可是,你看,很久以后啊,当我们再回头,轻舟已过万重山,往事已成风轻云淡。

起跑线

早上，我送女儿去学校后，正在看梁晓声的《母亲》，现在每天戒不掉的两件事情就是：喝几杯茶，看几页书。中年以后，成年人该有的样子好像都有了：清茶，淡饭，风轻云淡，波澜不惊。这样大概才是自己想要的。

有人敲门，我仔细听了两遍，确定是敲我家的门，才从沙发上起来去开门。因为平时没人来，除了女儿放学回家敲门之外很少有人来。现在所有的小区环境越来越好了，可是再好的环境还是压不住越来越强的陌生感。一个小区里一栋楼上住了好多年，还不知道门的对面的房子里住着几个人？到处的高楼大厦正在用此起彼伏的速度蔓延到每个被划分好的土地上。这是历史在进步，可不断进步的速度越快，为什么人们的孤独感也越来越强？

"你好……很抱歉打扰你了，我想问问这个小区有没有出售的房子？那个……是这样的，我们是从甘南过来的，想着这个小区离那边的初中近,孩子以后上学方便一点。小区门口也没有看到出售房子的,所以,我们想每栋楼上都问问,或许……有出售房子的人。"一个大姐在我打开门后,搓着手不好意思地问我。

"孩子上初中了吗?"我把大姐请进家问她。

"没有,才准备上幼儿园呢,这不是想早早做打算嘛,总不能让孩子输在起跑线上啊。"大姐笑着说。

我对大姐说:"前两天在小区里听见有人说我的楼下,也就是四楼,那个住户好像在出售自己的房子。他的孩子要去兰州念书,他们想把这里的房子卖掉再去兰州买一套,孩子上学方便。"

大姐立马站起来说:"刚才去四楼了,想着从上面往下面问。那不打扰你了,我赶紧去问问,如果有,那就太好了啊!"

"现在房子很多啊,而且有些小区的房子也便宜啊。"我笑着对大姐说。

"房子是很多,可是只有买对房子,才可以上好的幼儿园、好的小学、好的初中和高中……"大姐认真地说。

我又想起女儿那次给我说的一句话:"妈妈,我们这代人,生活好了,什么都不缺了,却没有快乐的童年了。就是因为所有的人都觉得不能输在起跑线上,可是压榨我们的童年快乐,真的不是件明智的事情。"

那次,我竟然无语。

某一日

我想开车送女儿上学,可是女儿不让。新买的自行车,让她狂喜了好一阵,那个几百块钱的自行车,在她心中远远超过了我这个有方向盘的车。

我跟在女儿后面,忽然觉得,骑车的这个女孩子,风华正茂,身体充满了英气和力量。也许是她练武的原因,她说她找到了身体里另外一个自己。这是好几年前我不敢想的事情,那时候她身体单薄,长年累月的是医院的常客。有一次,我看见她身上扎满的针眼,看着她干裂的嘴唇,看着她枯瘦如柴的小小身躯,那一瞬间,我真想抱着她从医院15楼的窗口跳下去……好几年后,我很庆幸自己当初用尽全力把心里的崩溃压制下去,才得以看见今天全身都充满了正能量和一次又一次给我力量的女儿。她那么懂事,足够给我的余生更多的惊喜和收获。生活对我不薄,儿子开朗英俊,笑容永远像午后的阳光,温柔且暖人;女儿乖巧懂事且是个很操心的小姑娘。

看着女儿进学校，我想去趟菜市场，这座城市的早市我一次都没有去过，据说不远。其实也不是为了买菜，就我和女儿两个人，实在是用不了多少菜。我就是想看看，这个无限的世界里，每个角落不一样的解答。

早市上大多是老太太，拿个袋子从这个菜摊到那个菜摊，来回比较，一个土豆能拿着看半天，然后又去另一个菜摊再拿一个土豆看半天。不是比较土豆的美丑，而是比较价格，对于她们来说，有的是时间，而钱怎么精打细算都没有多余的。这是她们那个年代留下来的习惯，永远都改不了，哪怕她儿子是县长，也不耽搁她们去菜市场一而再再而三地比价格。我一直觉得这是一种文化，属于他们这代或者这代之上的人的文化，但是当他们这代人离开这个世界的时候，这种文化也会悄悄地消失，最后在人们的记忆中成为一种"遗产"。

我想买一只猫回去，又一想，我是个连仙人掌都会养死的人，实在对养猫没有信心。还不如偶尔去小区给流浪猫喂喂火腿肠更好一点。

我把车靠边停下，这个早上，车窗外人影不绝，我忽然想，这个世界其实从来都不慌张，而慌张的是被世界和生活押解着的每一个人……

母亲的味道

地震过后,有一种劫后余生的感觉。12月18日23时59分,被强烈的震动摇醒的我们,慌乱得来不及拿任何东西,来不及穿鞋的场景,将会在余生里都打上记号。那一夜,基本上大家都没有睡。打电话给最亲的人、给家人、给朋友们,四面八方的朋友们在看到新闻的第一时间都打来电话。从前经常联系的,或者很少联系的,都在那一刻送来最关切的问候。地震最厉害的地方——积石山,牵动着无数人的心。震后一个小时内,救援工作全部布置完;三个小时内,救援队已经到达;第二天早上,第一批救灾物资到达积石山……接下来的几天里,各地纷纷捐款。所有通向甘肃临夏积石山的路上,都是源源不断的救援队和救灾物资车:有警察开道的大型货车,有快递车,有小型货车,有私家车……在这样的特殊时期,全世界的人可能只有中国人从来不会输给速度,从来不会输给团结。虽然低调是中国的美德,但是只要一方有难，中国人从来不会低调，一定会八方支援。虽然天灾无情，可是我们心中的那种爱，永远都不会灭。它让我们时刻都觉得自己从来都不是孤军奋战，我们的身后永远都有一个强大的祖国，有一股强大的力量——那就是中国力量。地震的时候，我第一个电话打给了儿子，他在四川乐山，可能汶川大地震给我们都留下了无法忘记的惶恐。儿子说他没事，可当二十分钟过后，他看见我们这边的新闻，开始慌了，打电话哭了，一个劲地问我们怎么样？有没有受伤？他的声音都在颤抖。我们一个劲地安慰他："没事，没事。"还给他发视频，儿子一晚上没有睡觉，一会儿打一个电话确认我们是否平安。一夜没有睡的还有我的母亲，母亲离我三百公里，虽然远，但是地震的时候她也被摇醒了。母亲在后半夜打开手机，时时看关于我这边的新闻、视频，隔半个小时打一次电话。她担心我和女儿，担心住在五楼的我们会来不及跑，我只好一遍又一遍地安慰母亲："没事，我们都没事。"震后第三天，我想必须要回去一趟，看看母亲，总觉得与死神擦肩而过，更珍惜所有的一切。闺密死活也要和我一起去。她说："很多年了，我要去看看咱娘，虽然视频里见过，虽然在你的文字里见过无数次，可是这次真的要去看看咱娘了，否则，我心不安。"我拗不过闺密，只好一起和她回了趟老家。我提前给母亲说了，说闺密和我一起回家。母亲其实对我这个闺密特别"熟悉"了，因为我和闺密认识20多年了。20年里，我每次回去和母亲聊天也总会提起闺密。可是尽管如此，我母亲还是有点不知所措,她问我:"娜娜来了,我做什么饭好啊?她对吃的很挑剔,我都怕我做不好。人又那么爱干净,她会不会嫌弃?"我笑母亲:"您看您,如果她嫌弃您做的饭,就不会非去看您了啊!您啊,就随便做吧,面条也行,饺子也行。"我们到家的时候,母亲早就包好了饺子。我哥说母亲从半夜就起来做了,挑拣好的土豆,切丝,再切成碎小的丁,再把土豆丁炒熟,然后炒臊子,最后把炒好的土豆丁与臊子拌在一起。和面、擀面皮,母亲一个人在凌晨就包好了饺子,又把屋子前前后后都打扫得干干净净,院子里连一根鸡毛都找不到。闺密真的是个很爱干净、很挑剔的人,可是母亲做的饺子她吃了一大碟子,是她平时饭量的两倍。我母亲看着我们狼吞虎咽地吃她包的饺子,一会儿给我们倒茶,一会儿端来面汤。闺密一个劲地说:"太好吃了,这味道是我以前从来都没有吃过的味道。"我对闺密说:"这饺子的味道,只有我母亲能做出来。我曾经也做过很多次,可都做不出母亲的味道。过程我都学会了,可就是味道做不出来。"闺密给母亲买了很多营养品,走的时候还偷偷在电视柜下面放了几百块钱。我责怪她太客气了,闺密很认真地说:"那是我对咱娘的一点儿心意。"沉默许久后,她又说:"姚,咱娘的手是辛苦了一辈子的手……等春暖花开的时候,我们还来看她,咱还吃娘包的饺子好不好?"我回:"好!"

无题

他们说父亲像一座大山,他们说父亲像一片天空,他们说父亲的肩膀有无数的风景,他们说父亲慈祥的笑容伴着他们长大……可我想了半天也想不起来,怎样才能将"慈祥"两个字放在我父亲的身上?能想起来的是父亲手里的马鞭和羊鞭。

父亲坐在马车上,挥动马鞭,在下着冰雹的傍晚,将马儿和一架子车的麦子用最快的速度拉回家,马鞭的响声在冰雹声中此起彼伏。

有的时候,父亲的于里的马鞭也会落在我和姐姐的身上:那是我们放学没有按时回家,或者我们没有捡干净麦田里的小麦穗,又或者我和姐姐捡来路边的西瓜皮,躲在麦草堆里偷偷吃被父亲发现的时候。父亲很少关心我和姐姐学习好不好?他只关心他的枣红马生的马驹,他只关心粮食有没有装满粮仓,他只关心收完土豆的地里有没有还埋在土里的土豆?

哦，父亲的马鞭从来都没有落在我哥身上，因为我哥是赤脚医生从死神手里抢回来的，我哥从小乖巧懂事，他是父亲在全村人面前的脸面和骄傲……在很多年以后，当我哥的身上披着父亲那件发着油光的旧羊皮棉袄，脸庞如父亲一般黑的时候，我对父亲落在我和姐姐身上的马鞭释怀了，曾经被父亲马鞭抽打染红的白衬衣，在记忆里慢慢褪了颜色。

当父亲手里的马鞭换成羊鞭的时候，他对我们说话的时候开始小心翼翼的，他开始关心侄女、侄子的学习，他开始把卖掉羊和羊毛的钱偷偷塞进侄子口袋，他开始把羊鞭一次又一次地做得更柔软一点，羊鞭落在小羊羔身上没有声音，像抚摸一样。

姐姐曾经说，她恨死了父亲，她若出嫁再也不想回娘家。可是，每次父亲住院，替换哥嫂在医院守候父亲的却都是姐姐。

小叔家老旧的房子拆了，门口那棵老杏树干枯了好多年。78岁的父亲开着他的电动车，把那棵干枯了的杏树拉回家，他说，那是他小时候他的父亲种的……

我的父亲老了，马圈变成了羊圈，马鞭变成了羊鞭。在父亲将那群羊都卖掉以后，父亲的羊鞭挂在外院的墙上，羊鞭被岁月染了颜色，在风中不停地诉说着那些年的回忆……

背影

新疆的沙尘暴有没有来这里,我不知道,但是天气昏暗,鼻子里有尘土的味道。也许是感冒了,我肺里好似搅拌机里搅拌水泥一样。

黄昏之时,没有斜阳,远处的山上还有雪的影子,只是不是那种白,像墙上腻子粉还没有干透的颜色,看着很压抑。

我打电话问母亲:"表哥葬在哪里了?是不是外婆长眠的那个地方?"

"不是,和你表嫂葬在一起了……你表哥走得太突然了,可是身后有一大堆的事情需要处理。你小堂舅和你其他三个表哥今晚会协商孩子怎么办?你外公怎么办?那些债务怎么办,总是需要处理的。"母亲喃喃道。

我一度哽咽,又没办法释放出来。悲伤的同时,我又清楚地知道人是有轮回、有因果、有生死定数的。人生就是不断地经历生死离别。这个世界，每天都有人不断地离去，又有新生儿不断地重新来到这个世界。我们无法阻挡生命的离去，亦无法预知生命何时停止，可我还是觉得冥冥之中有些事情早有安排。

我想去参加表哥的葬礼，可是母亲执意不让我去，她说我这样的身体再无力承受那种悲伤的场景。

好像从记事起，见表哥外公他们一年也只有一次，都各自忙碌。记忆中，儿时去外婆家，表哥带我们去田地里抓野鸡，表哥还会拉着我的手教我分辨麦苗和青草的区别。

可是随着我们渐渐长大，见面的机会越来越少。我结婚20多年，表哥也不曾来过我这里，只有在过年的时候，匆匆见一面。偶尔回忆起小时候在一起的嬉戏打闹，总觉得时光飞逝。

年前的时候，表哥来我这里，我很诧异，但见到表哥，还是有说不出的心疼。表嫂三年抗癌，最终还是走了。表哥在表嫂生病期间，一直都在身边守护着她，他自己也熬得满头白发，满目沧桑。那次来住了两天，我带表哥和我哥还有我姐去附近的景区转转，拍了很多照片。我想回家了再把那些照片发给表哥，可回去一转眼又忘记了。

看着那些照片，有一张表哥上台阶的背影，思绪起伏，不能自已。明明一个多月前我们还坐在一起回忆儿时的场景啊，怎么一个转身，已是阴阳两隔？

我在夜里关了灯，房间里还是有尘土的味道。耳边放着手机，手机里播放着一首细细幽幽的音乐，细幽的音乐里飘浮着表哥说的话:"我应该早点来看看你们的,一直都觉得抽不开身。你表嫂生病的时候你都跑那么远看过两次,你生病的时候我一次都没有来过,你不会怪我吧?"

"怎么会啊,你看你想多了不是?表嫂已经离开我们了,你也要保重自己,照顾好自己,还有孩子呢。"我对表哥说。

"你表嫂走后,我常常整夜整夜地睡不着觉,总觉得她还在……"表哥用抽烟掩饰着哽咽。看着表哥苍老了很多的模样,我竟再也无力用言语安慰他。

厚重的夜还是压不住尘土的味道,我翻看手机里表哥的照片,一张一张地删除了,不能让那些回忆撕扯着心脏。最后一张表哥的背影照,我看了许久,隐隐约约中,好像看到他和表嫂在田间相拥而行。他们微笑着,向身后的村庄摆摆手。土地在他们脚下变得松软,他们的背影里,麦子的绿芽把黑土地染了一层颜色。

是啊!春天到了!

小聚

出发去兰州之前,我给同学打了电话,约好一起在兰州见面,东西不同的方向,我们都需要驱车赶往兰州。

我比同学早半个小时到,便去了西北书城。这个地方是我每次去兰州在时间宽裕的情况下必须要去看看的地方。

我看见我的书《烟雨中的温柔》,安静地"躺在"那些名人作家书的中间。我轻轻地抚摸它,像抚摸自己的孩子一样。

总是有人问我:"你的书卖得怎么样?挣了多少钱?"我每次总是回答:"它没有喂饱我的口袋,只是喂饱了我的灵魂。"我实在无法用语言表达清楚我内心中的东西。

其次,我对那套珍藏版的《读者》垂涎已久,只是书店不零售,必须一整套买,一套六千多。每次都是囊中羞涩,但这又有什么关系呢?我能闻闻它的墨香味,手指在透着古素淡雅的封面划过,心里便是十二分的知足。我也相信有一天,我会将它们都一一带回家，安放满书柜，日夜相伴。

多年未见的朋友见面没有半点陌生，这个"多年"里包括：一个是差不多十年未见，一个是二十年未见，握手之余，脑海里便出现青春时灿烂的模样。我们寒暄对方都没有变，可我们又是那么清楚地知道，怎么可能没有改变？岁月的工匠师不动声色地在我们的脸色刻出眼角纹、抬头纹、法令纹，还时不时地拿出马良神笔，给我们的头发添上几笔永不掉色的颜色——白色。我们感叹的同时又心安理得地接受这份"馈赠"。不然能如何？

我要了一壶红茶，清甜醇香，留于齿间，那份柔甜，总让我们不忍心抱怨生活。我们淡淡地聊孩子、聊天气、聊余秀华的诗、聊余华的《活着》，也聊我们怎样将老天安排的人生的另一半一步一步地相处成好"兄弟"、好"邻居"、好"战友"……可唯独没有聊爱情，都是有故事的人，悲欢离合再不说。

小聚，总觉得时间过得很快，都是有家庭、有孩子、有老人的人，人到中年有太多的不得已，我们都懂。

分别时，我说我们下次再聚，她们也说下次再聚，可是我们谁都不知道，下次再聚，是几年以后？

叫魂

身体很长一段时间都不舒服，头昏头晕，全身无力且浮肿。脖子支撑不了头，好像我的头随时都可能从我的肩膀上滑落下来。两个胳膊也疼，是那种间接性的，忽然像被人用拳重重地打了一下，那种无力感真的很折磨人。我不想去医院，在家熬的几天，直到我真的熬不住了，然后去医院。我在兰州二院挂了两个号，一个是骨科，一个是疼痛科。

早上的骨科医生说有可能是颈椎病严重了，疼痛科说有可能是头颅里长什么东西了，才会引起头疼头昏和浮肿。医生让我去做核磁，核磁被安排到第二天晚上的十点。不得已，我又在宾馆熬了一天一夜。这期间闺密和二嫂陪着我。二嫂说不行咱们讲讲迷信，找个大师看一下。我说等核磁出来再看吧，其实我怕的是头颅里是不是真的长东西了？然后花了一千八百多做了核磁。

前几天朋友才离世，那种什么都没来得及安排就走了，让人很长一段时间都缓不过来。仔细想想，身体不舒服好像就是朋友去世那天开始的。当时正和嫂子们在外面吃饭，听到朋友忽然离世，一下反应不过来。喂到嘴里的菜半天咽不下去，回去的路上一直打嗝、打战。然后去朋友的葬礼上，当时我说不出来是悲伤还是怎么了？整个人都是麻木的，本来想去帮忙，也想去安慰一下朋友的母亲和姐姐，但是讲不出来，也不知道该讲什么。人在特别悲伤和痛苦的时候，好像任何语言都显得很苍白。我总想做点什么，但是，什么也做不了。站在院子的角落里，我脑子很空洞地看着一院子的人悲伤得不成样子。再然后我忽然全身麻木，站立不稳，恶心呕吐，感觉不是自己了，然后失去知觉了。我被他们送回家，还是不停地恶心呕吐、全身无力。这样昏昏沉沉到第四天，还是坚持起来送朋友最后一程。（老家的葬礼，有的时候会持续三四天，才让去世的人入土为安，这期间就为她念经超度。）

大概七八天的时候，坚持不住了，才去的医院。

核磁出来以后，头颅里没有长东西。医生看看我，又看看那些做的核磁片了，然后又看看我问道："是有些颈椎病，但你的状态比结果看起来严重得多啊。"

"很难受，医生，我真的很难受，从头到脚都难受。乏力得很，老想睡觉，明明才睡醒，又瞌睡。关键是我的脸肿胀得不成样子，医生你看到没有啊，我的眼睛感觉快要爆出来了……"我语无伦次地对医生说。

"没有啊,你的脸没有肿啊,眼睛和脸都很正常啊。"医生反反复复地看过我的脸后说。

二嫂也说我的脸没有肿,眼睛也很正常,只是没有光泽,迷迷糊糊的。可我自己感觉脸肿胀到快爆炸了。

医生说要不住院吧,住院后再详细检查一下,然后就办了住院。疼害怕了,我什么都不想了,就想快快地止住疼,头晕,还有那种全身的无力感。

然后就是各种抽血化验,医生说化验结果都没有他们所看到的我更严重。我能说什么?医生说不严重,我再去说,好像我是故意装出来的。

一直都困得很,大多数时间都想睡觉。

二嫂看着我这个样子说:"不行,这样下去病不会好的,我们要找个人看看。"(她说的那个人就是那种会算命的先生。)

然后第二天二嫂对我说:"我们先回家吧,我找了个先生帮你算了一下。先生说你遇到不干净的东西了,你的魂丢了需要去家里收拾一下,把不干净赶走,然后再把你的魂叫回来。你一直瞌睡就是魂丢在外面了,我们要把它叫回来。"

我无力再说反驳的话了。什么要相信科学,什么不该去信迷信,不管了,只要我不难受,只要我能好起来,做什么都可以。

听二嫂的话,回家,然后到晚上,家里人按照"先生"的嘱咐,一一照做。折腾好一会儿,我也睡过去了。我做了很多的梦,梦里都是去世的人,认识的或不认识的都有。我醒来又睡着,人也虚脱了一样。梦里又听见家里人拿着我的衣服在一条我不认识的路上,不停地喊我的名字,然后说:"回家了,我们回家了……"就那样反反复复,醒来睡着,睡着又醒来。就这样反反复复地好像听见我的名字被叫了一夜。

第二天清晨,阳光透过窗户,花瓶里的芍药开得热烈,我睁开眼睛,默默地想:"原来还活着。"

二嫂问我好点了没有?我说好点了,只是人像虚脱了一般,脑袋里像被一盆冰凉的水洗了一遍。

魂大概被叫回来了,但是颈椎病还是得治疗啊,然后,又去了医院。

爱，亦如此

那日午后，朋友送我几朵向日葵，几朵粉色的玫瑰，还有一些满天星和勿忘我。她开了一家花店，小小的一间，生意还不错。偶尔去她店里，她总会送我一些花或一两个香包。我们之间算不上特别好的关系，我性格是那种总想远离人群的那种，比起害怕失去，我宁愿不拥有。所有的关系淡淡相处，也许才不会有那么多的悲欢离合吧。

我把那些花拿回家，找了一个空瓶子，一枝一枝地将它们放入瓶中。他们说插花也是一门艺术，可是我对插花完全不懂。我只想将它们放入有水的瓶子里，让它们"喝"饱水，让它们短暂的一生热烈地活着。

我很喜欢向日葵啊，总觉得它身上有一股生命的力量，向着光生活。

手机上有微信提醒，我看了一眼，是一个女孩子发过来的

（所有比我小的，我总喜欢叫她们女孩子），她发来一句："姚姚姐，我想和你坐一会儿，就我们两个，可以吗？"

我回："好，我去接你。"

不问缘由，但是我知道她此时需要一个倾听者。语言是这个世界上最奇特的东西，悲伤和欢喜在每个字上都有音符一样，懂的人听一个字便知道。

我让她上车，我什么也没有问也没有说。我打开音乐，余光看见她红肿的双眼和有点起干皮的嘴唇。我想她应该一夜未眠，也许某个问题让她彻夜不安。

"姚姚姐，我想离婚，离婚协议我也写好了，我就是想……让你看看，离婚协议上还有需要补充的吗？"她一边说，一边伸手去包里拿离婚协议。

"你看，夏天到了，这一路的风景很漂亮啊，平时你一定很少来吧。远远的那个地方就是莲花山，云雾缭绕，我曾经凌晨三点半的时候爬过那座山，用了三个小时才爬到山顶。"我并没有回答她的问题，而是把话题岔开了。

我把她那边的车窗打开，车开得不快，暖暖的微风和鸟语花香溢进了车里。她拿离婚协议的手从包里移出来了，离婚协议并没有拿出来，她开始把目光移向车外。有那么一瞬间，她的嘴角微微向上，她应该很长一段时间没有那么认真地看过大自然了，我想。

"姚姚姐，我还是想离婚，这段婚姻不是我想要的，或许从开始就不是我想要的。"她把看风景的思绪又拉回来对我说。

"你要不要听听我的故事?"我轻声地问她。

"姚姚姐,我觉得你一直很幸福啊。你看你两个孩子那么听话,你又有自己喜欢的事情,家庭也那么和睦,你自己又那么厉害,你的生活一直是我向往的。"她斜着头对我说。

"可是,我老公从来都没有爱过我。"我平静地说。

她愕然,满脸的不可思议。

"是的,我老公从来都没有爱过我。从开始到现在,我们的婚姻可能当时是因为到了该结婚的年龄,又或许是因为我急于想找个避风港。总之,我选择的婚姻和爱没有多大关系。在结婚的20多年时间里,生病去医院的时候我很少叫我老公,大多数都是我一个人,我怕给他添麻烦;去娘家那条路上大多数是我一个人,我怕他忙没有时间;孩子生病在医院大多数也是我一个,我怕他在医院待不住;抑郁症三年,我硬是一个人不声不响地扛过来了……到现在我依然喜欢一个人,我怕他说我矫情,怕他说我是装出来的。很多的事情都是我一个人默默地熬过来了,我害怕从他眼里看出嫌弃。你们看到我很要强的一面,是岁月给我的铠甲,是我一次又一次把自己的柔弱挫骨扬灰撒在我要走的那条路上,让它变成坚硬的壳,我才不至于一次又一次地滑倒。"

"那你为什么不离婚?"

"一旦结婚,生活就不只是两个人的了。我不能让我的父母一夜间再添白发,我不能让我的孩子失去童年的快乐和人生路上的陪伴。假如婚姻已经让我们不幸福了,我们不能再把这种不幸福蔓延到最亲的人身上。"

我把车速又减慢了一点。

"我老公除了不爱我之外,其实他是个很好的人。他尊重我,给我自己的空间。他不阻止我日复一日地用我的爱好喂饱我的灵魂,他真诚对待他身边的每一个人。他孝敬父母,他热爱他的兄弟姐妹,他认真工作,他脚踏实地地生活,他也让他的一双儿女衣食无忧。你瞧,他真的是个很不错的人。"我笑着说。

"可是,他不爱你啊。"女孩激动地说道。

"爱情,本来就很难用对与错来判断,情感也不是一张结婚契约就能够保证的。我老公也曾经很喜欢一个女孩子,虽然我不知道他最后是怎样割舍下那段感情的,但是我相信那段经历一定是他这辈子最难忘的一段岁月。每个人的一生中一定会有一个很爱很爱的人,那个人的出现也许很迟很迟,但一定会温暖另一个人的余生。爱是件很美好的事情,只是很多时候,它总是错过时间才来。'难以释怀'这件事情存在于每个人的身上。"

"可是,姚姚姐,没有爱的婚姻怎么过?我很不能理解。"

"处成兄弟模式,为了孩子一起和生活厮杀。"我大笑着说。

黄昏在山的那边画上了句号,我对女孩子说:"回去吧,做一桌子好菜,给自己化个淡妆,接孩子回来,给你老公泡杯茶。然后,记得在明天买一束向日葵,放在有太阳的窗台。"

女孩轻轻地点点头。

下车的时候,她问了我一句:"姚姚姐,你很爱很爱过一个人吗?"

我回:"爱过。"

就这样吧

我快要放下手机的时候,那丫头发来一条消息:"姚姚姐,那篇文字里的女孩子是不是我?我觉得有点像我,我不确定,所以要问问你。"

我回:"不碍事,那个文字里的女孩子,应该是千千万万个女孩,她应该不确定于某个人。"

然后我又回了一句:"看文字的人,大概不会过多地去想那个女孩是谁,而是属于姚姚的故事。"

丫头沉默了一会儿说:"不是姚姚姐,我的意思是无论哪个女孩,能走进你的文字到底还是幸运的。我会一直记得在我心情不好的时候,你带我去兜风,带我去吃好吃的。"

"你只要记得我们在一起的快乐就好,不久以后或者很久以后,假如我变成一抔黄土,你记得给我带一束向日葵,那便极好。"我回。

"姚姚姐,不要啦,什么黄土,你不许乱讲啊。"丫头急了。

于是,我最后只回了一句:"好梦。"

最近一段时间,身体出奇地不安稳。医院也治疗了好多天,不见好,又莫名其妙而开始浮肿,还找不出原因。医生给我的答案总是模糊不清,她说或许是颈椎病引起的浮肿,又或许是贫血引起的浮肿。我懒得问了,模棱两可的回答是医生们惯用的手段,分不出真假,也道不明对错。就这样吧,反正还没有到生死边缘,我也不用过于紧张。

谢绝了朋友邀请一起过端午节,也谢绝了朋友又带我去再讲讲迷信。我其实一直不喜欢麻烦别人,总觉得人海里,大家都是萍水相逢,把别人的时间分过来用,心里会有歉意,我不喜欢这样。

人在生病的时候,多少都有些难以说清楚的淡淡的伤感。来自哪里却又讲不清楚,可就是有身体疼之外的另一种疼撕扯着自己。我不想多言,便将自己又关回屋里,不外出,不见人。

真的想不起来,身体是从什么时候开始不定期地向我"讨债"的。貌似很多年前是我欠身体的,如今却都要如数还回去,欠的总是要还的,谁都逃不掉。

把自己关进屋里,窗外的世界便和我再没有关系。世俗也好,繁华也罢,都是窗外的世界,暂且和我隔绝吧。我躺在靠窗的地毯上,抬头便看见被我放得杂乱无章的书:安妮宝贝、林徽因、琦君、汪曾祺、白落梅、仓央嘉措、三毛、毛姆、杨绛先生、钱锺书、路遥、欧·亨利、迟子建……哦,哪里是我一个人啊,"他们"都在陪我。

又想起余秀华,好像很久都没有再读过她的文字了。那自由的灵魂,大胆的爱情,刻骨的恨意,癫波又带着潇洒的步伐是我望尘莫及的,还有一种望尘莫及的是:"我总觉得有一天她会用自己的方式离开。"站在云端笑得最欢的那个人,其实内心里时时惦记着"那把黄土"。

瓶子里的向日葵安静地开着,百合花已经开始凋落,康乃馨失去了光泽,如我的人一般。你瞧,只要向日葵如它的名字一样,生命总是不负众望。

颈椎和后背,还有眼睛,又开始和我对抗了。

那,就这样吧!

差距

读余华的《我们生活在巨大的差距里》,有段文字写到初中生。30多年前的初中生,课桌上男女生划分界线,话都不多说,多说一句话都害羞。"30多年后的今天,中学生谈情说爱早已在心理上合法化,在舆论上公开化。现在的女中学生竟然是穿着校服去医院做人流手术,媒体上曾经有过这样一条消息,一个女中学生穿着校服去医院做人流手术时,有四个穿着校服的男中学生簇拥着,当医生说手术前需要家属签字时,四个男生争先恐后地抢着要签名。"

我紧张地看看个头与我一般大的女儿,总有一种忽然想把她拴在我的裤腰带上的冲动!虽然女儿看起来傻傻的模样,不足以对她的"安全"受到威胁,但是我还是担心,如今孩子们超前的思想正在腐蚀着越来越小的"灵魂"。

然后看另一段文字,他说:"20世纪90年代后期,中央电视台在六一儿童节期间，采访了中国各地的孩子，问他们六一的时候最想得到的礼物是什么。一个北京的小男孩狮子大开口想要一架真正的波音飞机，不是玩具飞机；一个西北的小女孩却是羞怯地说，她想要一双白球鞋。"你看，多大的差距？

又想起，我曾经为了穿上一双白球鞋，放学就拿着一个脸盆去垃圾堆里捡骨头（那时候骨头可以卖钱，一公斤一毛钱）。那时候农村每家门口都有一个垃圾堆，说是垃圾堆其实垃圾没多少，大多是灰土。农村家家都烧炕，炕里的灰和炉子里的灰都堆在门口，开春的时候，掺和上羊粪，然后撒在地里当肥料。我每次总是有点难为情，就系一条头巾，把自己裹得严严实实的，怕别人认出来。可是，村子一共就那么大的一点儿，谁家孩子一眼就能看出来。我总是去家庭条件好点的垃圾堆边捡骨头，这样收获会大一点儿。偶尔也会在垃圾堆里捡到别人家孩子扔掉的半截铅笔，也必定会带回家擦干净，放在铅笔盒里。（这里要说说我的铅笔盒，那是医生给别人打完青霉素和双黄连针的药盒子，被母亲留下，用来当我的铅笔盒。）

那样捡一个月骨头换来的钱，依然不够买白球鞋，但是母亲把自己从山里捡来的"发菜"卖掉，给我添几块钱，赶着"六一儿童节"的时候，一双洁白的球鞋和鲜红的红领巾一起陪着我走进学校的大门。

曾经想要一双白球鞋的梦想现在想想，是多么微不足道，但是没办法，那是时代的差距。

30多年前和30多年以后,我们这代人确实生活在巨大的差距里!

至于差距,在今天这样的社会里,依然有,依然存在着,但是它渐渐在缩小。在30多年的飞跃发展中,中国将GDP(国内生产总值)跃居到世界第二,这个速度已经超过很多国家。不得不承认,中国真的创造了一个伟大的奇迹。当然,作为一个中国人,任何时候,这都是值得骄傲的。

活着

参加完朋友的葬礼,我全身疲惫,感觉被掏空了一样。葬礼上,眼泪一遍一遍地蔓延在脸上,我看见朋友的三个孩子,更悲伤。一想到三个孩子从此在这个世界上再也没有妈妈了,不由得悲从心来。

村里的人几乎都来了,老家的葬礼大多数会在家里持续三四天,所以村上的人但凡能来的都来了。一是想着最后都送送她,二是觉得平时她待人热情,谁家有事都去帮忙,所以,干多干少,大家都想最后还她的人情。她还有个老娘,她总是给她姐姐说:"人情是慢慢积累来的,我们帮大家,如果母亲百年之后,丧事也希望办得隆重点。"可如今,她却让白发人送黑发人,她母亲一次次地哭晕过去,孩子们跪在灵堂前泣不成声……那样的场景,让悲伤逆流成河。

我知道人与人之间终有一别,我也知道生死路上无大小,我更知道每个人最终都将面对死亡，可我还是无法接受她忽然离开，毫无征兆地离开，没有留一句话就离开，更重要的是她还那么年轻啊。

最后送她一程，是所有人的心愿。可是，当她"盖"着那口棺材消失在大家的视线里的时候，我忽然觉得身心疲惫，全身像散架了一样，头也剧烈地疼，胳膊也好像不听使唤了一样。

开车经过一个盲人按摩店，我就进去想按摩一下头。头疼是老毛病了，我也经常按摩，但不是这一家，是另一家按摩店。推门进去，正好夕阳映在老板的脸上，他的眼睛一动不动，没有光泽，我便知道他真的是盲人。

躺在按摩床上，心里的悲伤还是无法控制，我想睡一会儿，可是盲人老板不停地说这说那："你的颈椎不好，你应该是没有休息好；你的头发细软，应该是肾上也不太好。"我没有理会他，我只想让他帮我按摩一下，关于他的职业术语，我真的懒得听。

"你肌肉紧绷、全身都没有放松，你的内心应该过于紧张或者心情很压抑。"他按摩了一会儿又说。

"是啊，确实有点。"我淡淡地说了一句。

"人要为了快乐而活着，那样才不浪费每一天。过好每一天最重要，至于以后的，那都是以后的事。人生中最多三万天，最重要的就是今天。"他的语气跟着手里的节奏一停一动。

"人活着是为了明天，要不然你今天在这里努力干吗？"我懒懒地对他说。

"明天谁知道啊,像我,只要过好每一天,就是幸福。我没有那么多的期望,也没有那么多想拥有的。"他说。

"你的家人呢?"我问。

"我和老母亲相依为命,我30岁之前眼睛是能看见的,但是那年去打工误伤了眼睛,彻底失明了。失明之前,我在老家盖了新房,我得让我的母亲住得舒服一点。我母亲今年78岁了,但她是个坚强的老太太……"他有点自豪地说。

"哦……是个坚强的老太太,你也很坚强。"我忽然有点不好意思地说道,同时也被他轻描淡写又乐观的心态感染到了。

"你就没有想过结婚?有个人为伴也好,至少有个人做你的眼睛,你也方便一点儿。"我说。

"我失明后就去学习按摩学了一年,然后给别人打工两年,去年自己又开了这个店。我也想好了,不结婚也不连累别人。我自己就在这个店里上班,挣多挣少能养活自己就好。来的都是老客户,大家都很善良。店里的各个角落我都熟悉,有的时候打扫卫生,我怕打扫不干净,有熟悉的老客户也会告诉我哪里没有打扫干净,或者他们也会帮我打扫一下。哎,善良的人那么多啊,我觉得我也很幸福呢。所以我每次都给客户多按摩一会儿。他们都工作忙,也累,让他们多趟一会儿、多按摩一会儿也可以缓解一下他们的疲劳。"他甚至有点幸福地说道。

"那你……吃饭怎么办?"我完全被他对生活的态度感染了。

"你看我店的上下都有餐厅呢,老板人很好,我打个电话他们就帮我送过来了。"

"哦,天是不是黑了?我去把灯打开。"他要起身去开灯。

"天还大亮啊,这会儿才六点呢,不用开灯呢。"我说。

本来50元只能按半个小时,但是他给我按了50分钟,只收了50元。我过意不去,多扫了10元给他。

我离开的时候他又送我到门口,并嘱咐我:"你要多休息,放松心情,工作再累也要保持心情愉悦啊,过好每一天那就是赚到了呢。"但他并没有要求我有时间就来按摩,也没有像别家的店让我办会员卡,就像他说的过好每一天才是重要的。至于明天,那都只是明天。

回去的路上,我在想,30岁以后才失明的,那他也一定熬过了很长一段时间黑夜带给他的恐惧吧?他是不是也在一段时间里,对这个世界失去了活下去的勇气?他从双眼看见这个世界的每个角落到失明后看不到任何一点光,他到底熬过了多少个日日夜夜啊!可那又怎么样呢?如今的他心怀"光明",落落大方地接受命运给的"黑暗"。他用心"看到"的世界,比我们这些用眼睛看到的世界好像更光明啊!

婆婆和儿媳

30年前,我嫂子和媒婆来我家的时候,我妈正在厨房张罗饭菜。我嫂子一头扎进厨房,利索地帮我妈洗菜、切菜、做饭。我嫂子和媒婆走了以后,我妈就对我爹说:"收拾好房子过年,准备给娃们把婚事办了。"

"事情成不成还很难说哩,你没听见媒婆走的时候说,我们家穷得连鸽子都不搭窝吗?"我爹抽着旱烟发愁地说。

"那女娃注定是我们家的人。"我妈坚定地说。

后来我嫂子就真的嫁给了我哥。我妈也把她当亲闺女一样对待,不,应该是比亲闺女还亲。每次我和我姐碗底还有一口面汤的时候,我妈就喊:"大妮子吃完饭把锅洗了,小妮子给猪喂食。"我妈唯恐我嫂子来我家受委屈,把能干的活都干了,就怕累着我嫂子。我嫂子也是个特别勤快的人,有活她抢着干,手脚利索,做事干脆。

我妈总说她在婆婆手底下受过太多的委屈,她终于将自己从媳妇熬成了婆婆,但是她绝对不会让她的儿媳妇再受一遍她的苦。她淋了雨,她才会给她的儿媳妇打伞。

我嫂子怀第一个侄女的时候,我妈用攒的鸡蛋到小卖铺里给我嫂子换成罐头,然后她让我嫂子把罐头吃完。我和我姐从学校回来看见空的罐头瓶,我妈撒谎说:"看,今天我又在马路上捡来了一个空瓶子,装盐还挺好的。"我姐闻闻瓶子对我说:"这瓶子里还有罐头的味道,好像是梨子罐头。"

我嫂子不忍心一个人背着我们吃罐头,我妈再给她罐头的时候,她偷偷从碗里倒出来一半留给我和姐姐吃。

我嫂子生完孩子,在月子里,我妈给我嫂子擦洗身体,洗内裤,洗孩子尿布。虽然家里穷,可我妈变着花样给我嫂子补充营养。

30多年了,我嫂子总是对村里人说:"我这辈子遇上了一个好婆婆,好妈妈。"

30多年了,我妈和我嫂子不是没有吵过架,偶尔她们也会为些鸡毛蒜皮的事情争论,但是第二天又像没事一样该笑还笑。该一起蒸馍,还一起蒸馍。

我父亲生病的时候,我嫂子也是衣不解带地守在医院。父亲肠炎,有的时候来不及上厕所,大便就会拉在裤子里。我嫂子也不嫌弃,给我父亲换了新裤子,再把父亲的裤子洗干净。同病房的人对我父亲说:"你女儿对你真好。"我父亲笑笑说:"她是我儿媳妇。"隔壁床上的人沉默半天,再不说话。

我父亲是个脾气很暴躁的人,但是他半辈子都养羊,卖掉羊的钱都给我哥和我嫂子,帮他们拉扯四个孩子。

我很难讲清楚到底是我嫂子好,还是我父母好?可能都是相互的吧。我嫂子不嫌弃我家穷,我父母又用一辈子的爱来守护她。

我侄子第一次带女朋友来我家,和我妈、我嫂子相处得特别融洽。我嫂子又用了我妈当年的话:"这娃就是我们家的。"

生死劫

我睡了好多天,感觉才缓过来。他们都说是因为我受到了惊吓,所以才会如此。我不知道,其实我内心里没有恐惧,我只感觉特别乏,只想睡觉。但是睡着后全身的神经好像依旧没有放松,以至于睡醒了还是觉得累,反反复复循环着。

过去了半个月,我稍稍好点了。我刷短视频,有人说有一位名叫"秋风少林寺武僧"的人也是在立秋那天,因为车祸离世了。网上有很多关于他的视频,他刚刚拍完戏。我曾经也看过他的视频,是个看一眼就觉得是个外表俊朗,也很有气场孩子。他的武功也极好,如果没有出意外的话,将来他的星途应该很灿烂吧?很多人对于他的离世都意难平,觉得他一心向佛,可佛却没有渡他。可我不这样认为,我宁愿觉得他是功德圆满被菩萨召回。他回到天上,继续在那里以另一种方式度化这尘世间的人。

同一天,我开车带着女儿回娘家。走的时候,天气晴朗,我还特意买了一瓶冰镇可乐，我怕路上女儿渴。

在高速上走了一个多小时左右的时候，忽然下起了暴雨。我将车减速到60多码。本来在副驾驶睡着的女儿，忽然醒来，她好像有点急躁说："怎么这么大的雨啊？"女儿说完这句话后，我的车子忽然不受控制，面前好像一片汪洋大海。车子撞向左边的栏杆，又冲向右边的栏杆后，打了两个转，停下来了。车里的气囊全部弹出并破裂，车子好像要翻了，但颠簸了几下又没有翻。

我感觉整个人都要飞起来了，甚至来不及伸手去抓女儿。当时脑子都是空白的，根本来不及想什么，只是下意识地将车的方向盘向右边打。事后想起来还是很感激自己的那种下意识的动作，因为那样就将整个车的撞击力的重心到了我这边，才会在车子完全报废的情况下，坐在副驾驶上的女儿连一根头发丝都没有伤到。那时，倾盆暴雨，我这边的车门严重变形，打不开。女儿将副驾驶的车门用脚踢开，我看见车前有白色的烟雾，急迫地对女儿说："快点往前跑，车子可能会爆炸，快跑，快跑……"

女儿回头看了我一眼，将怀里的书包和我的包都扔到马路上，然后迅速地将我从座位上扶下去。我们飞快地跑到离车50米的地方。我回头看车的方向，还有白色的烟雾在往外飘。我又仔细看了几秒，又觉得它不是烟雾，而是气雾。我想可能是水箱破裂才冒出来的气雾，而车子也并不会爆炸。

女儿抓着我的胳膊上下摇摆，她着急地确定我的胳膊是否还完好。她急切地问我："妈妈，你有没有受伤？你有没有不舒服？

你快动动胳膊和腿让我看看啊!"我说:"妈妈好着呢!没有受伤,你呢?"女儿一把抱住我说:"妈妈,我们都活着。真好,妈妈我们还活着。""对不起,妈妈吓到你了。"我哽咽着说。"妈妈,我们都活着,比什么都好。你看老天都在帮我们,我们俩都没有受伤。"女儿安慰我说。

大雨中,我来不及想太多,先打了急救电话。在等待救援来之前,又在脑子里迅速地过了一遍:第二个电话打给谁?几乎没有犹豫和比较,就把第二个电话打给了闺密。20年了,我们活在彼此的生命里,从来都没有怀疑过彼此的真诚。她是我生命中不可缺少的一部分,她是我愿意将所有悲喜交加都讲出来的人,也是我遇到任何事情第一个想起来的人。后来,我常想,《我的前半生》中,罗子君有贺函和唐晶,可现实生活中,根本就没有贺函,但绝对有唐晶一样的闺密。接到电话,闺密确定我和女儿安全后,来不及在公司请假,就和她老公急速地赶过来,并给我和女儿都带了衣服。

第三个电话打给我妈妈,本来我们是要回娘家的,我母亲在车祸之前还给我打了个电话说她做了干擀面,等我和女儿到了一起吃。我只能给母亲撒谎说朋友那边出了点事情,我得返回去,等我处理完了,过几天再回娘家。我母亲虽然嘴上答应着,可是她心里一直很慌。后来我嫂子说,我打完电话,我母亲就一直在院子里转来转去,她也急躁得很,还自言自语地说:"是不是出了什么事?肯定是出什么事了,哪有走半路又回去的?"一直到晚上，我母亲都没有吃饭，我知道母亲一定不会放心。她了解她的女儿，从来都是报喜不报忧的，她担心我和女儿。

女儿陪着我处理事情：和交警一起把车拖到最近的树屏公路交通警察大队，等待事故认定，划分责任；打保险公司电话，以及交高速公路栏杆损失费……女儿一直陪着我，只有13岁的她，成熟冷静地和我一起处理事情。她像极了我的战友，和我一起与生活对抗着。

闺密他们赶过来的时候，我们正好从交警大队出来。尽管看着我们母女俩没有受伤，可她还是不放心，又带着我和女儿去兰州市中医医院做了身体上的检查才得以放心。回到闺密家，女儿可能是累了，很快就睡着了，而我一夜未眠。我怕女儿受到惊吓会做噩梦，一直睁着眼睛躺在她的身边。车祸的场景一遍又一遍地在脑海里闪烁着，一直忙着处理事情，来不及多想什么，可是安静下来，反而全身的神经像弓箭一样，绷得紧紧的。一想起女儿在副驾驶，根本无法放松下来。女儿那一夜睡得很安稳，我的心里才有少许的踏实。第二天，我感觉极度累，很想睡觉，什么也不想管了，只想睡觉。可是不行，我还得和保险公司的人一起去交警大队。

在交警大队外面的车棚里，我看到的我的"老伙计"。它已经面目全非，车前面完全支离破碎。从前面车玻璃上看到安全气囊破裂并耷拉在车的两边，我内心忽然很难过，颤抖地走到车跟前，用手轻轻地抚摸着完全变形的前隐形盖。眼泪忽然猛烈地从我的眼睛里喷涌出来，我哽咽着说："老伙计，谢谢你，护我和女儿周全。"差不多十年了，是这个"老伙计"陪着我走过万里路。它陪我看过凌晨三点多海拔三千五百多米山顶的星月；陪我看过一千多公里外凌晨五点多的日出；陪我踏过山川大海；陪我蹚过泥泞不堪的路；它见过我在深夜里的叹息，也见过我在阳光明媚时的欢声笑语。是的，它见证过所有我不能在家人朋友面前展现出来的悲欢离合……

保险公司的那个小伙子对我说："姐，车子可能报废了，我们要拖去4S店。你也不要太难过，只要人好着就是万幸。车子开的时间久了它是有灵性的，你和孩子毫发无伤，这辆车也算功德圆满了。""我知道，让我最后再抚摸一下它。"我再度哽咽。

母亲又一次打来电话，声音沙哑，尽管我假装很轻松地和她说话，甚至还假装边吃东西边和她漫不经心地说话，可母亲的担忧还是能隔着屏幕感受到。挂完电话我就对女儿说："我们还是去外婆家吧，不见到我们，你外婆始终不会放心的。"我一直特别累，一直想睡觉，路上打电话给我哥，简单地把事情说了一遍。坚持到家门口，家里人全部在门口站着等我和女儿。我母亲眼里全是泪，抱着我女儿说："人好着就行，人好着就行。你妈妈是个善良的人，老天爷也在照顾你娘俩。"大家七嘴八舌地说着，我已经没有一点力气了。他们说什么我完全没有听见，我只弱弱地说了一句："我想睡一会儿。"然后我走进侄女房间，倒头就睡。

这一睡就睡了一天一夜。讲不清楚，那几天为什么就特别想睡觉，怎么睡都睡不够，睡醒就吃点，然后又接着睡。一向脾气暴躁的父亲抽着旱烟，在侄女的房子门口转了一圈又一圈，抽了一根又一根旱烟。"不行，不能让娃一直这么睡着，要把魂给叫回来。"父亲对母亲说。

烧了一辈子香的母亲，每天烧三炷香的时候总是祈祷我快点好起来，又一遍一遍地感谢老天，让我和女儿都毫发无损。8月13日醒来，人感觉清醒了很多，母亲陪我坐在院子里晒太阳。

我打开手机，发现很多消息、视频还有电话，都是亲戚朋友打的。但是我都没有接，实在也是没有力气接，也没有力气一遍又一遍地重复事情的经过。

刷抖音的时候，看见好多人都在祭奠"秋风"，好多人都说，那天是他的头七。

然后我望望天空在心里想：真的要感谢老天，万一哪天我也"走了"，快80岁的父母如何去承受那种悲伤啊？

母亲的幸福

我母亲是个闲不住的人。年前的时候,我们接她过来,想让她清闲几天,结果不到十天,她哪里都不舒服,腰也疼,腿也疼。她说她闲下来就全身不得劲儿,还把我家里的角角落落的灰尘都打扫得一尘不染。连我那个小院里楼顶上,她都打扫非常干净。

楼房上的地板她走路总是深浅不一,她说没有老家院里的土地走起来踏实。我埋怨她不会享福,她说她最幸福的事是:在家里种的土豆,我们去的时候全挖出来,然后一人一袋子带走;她养的两头大猪,过年的时候给我们每人一条猪腿;我们打电话说要回去,她半晚上起来给我们包土豆饺子。

我说村里也没有一个"情报站",不然老太太们可以坐一起聊聊八卦。我妈说:"有那闲工夫还不如给猪挖两筐草呢,还能多长几斤肉。再说了,那些老太太都不知道给自己的孙子多教几个字认识的,就知道东家长西家短的。"

我说:"妈,咱给你染染头发吧,你的头上都找不到一根黑头发了。"

我妈说:"从四十几岁头发就白了,我都没染过,现在染?我怕家里狗都不认识我了。"

我一直都觉得我妈辛苦了一辈子也没有享几天福,我妈说人一辈子不辛苦、不经历苦难,那就不叫完整的人生。我妈说她的幸福就是看着我们一个个过得一天比一天好,她守在老院里盼我们回家的日子。她不去我们任何一家,她说她习惯了每天早上起来用芨芨草的扫把扫院子;习惯了清晨听鸟在院里的那棵杏树上叽叽喳喳地叫;她也习惯了羊圈里的羊下了小羊仔,她把小羊抱在怀里喂奶粉……可我知道,我的母亲是害怕给儿女添麻烦,她怕她融不到城市里的模样我们会厌烦。

其实我妈是个特别通情达理的老太太。哎,遗憾了,我总觉得我妈如果换个年代,怎么着也能当个"先生"。

半日猫缘

那日,我坐在地毯上,看日本作家夏目漱石写的那本小说《我是猫》。故事以猫的视角,写了人们的正直、善良、鄙视世俗以及人性的弱点,甚至当时社会风气的倾向……看得入了迷,忽然就想养一只猫,想养一只会"察言观色"且与我能"语言"相通的猫。

短短几日,养猫的想法越发强烈了,遇人便会聊聊猫的话题。可能是我嚷嚷得多了,我二嫂就对我说:"我去给你抓只猫来,我妈家正好这几天老猫下了几只猫仔,还蛮好看的。""呀!那真好啊!最好有只白色的小猫,我要把它的毛洗得干干净净的,再给它穿件小衣服。哈哈,想想都美。"我对二嫂说。

本来二嫂第二天就去抓猫的,但是又忽遇急事,耽搁了十来天。我每天心里又都惦记着猫,于是今天先买个猫窝,明天又买来猫粮,连给猫洗澡的沐浴露、小毛巾、小梳子都买来了,真是万事俱备,只欠猫来啊!

二嫂看我实在等得着急,就给娘家妈妈打电话,让她亲自送一趟。于是,她老人家把猫装在一个纸箱子里,大老远一路颠簸地给我送过来。我心里实在歉意得很,但又说不出来,心想着等过段时间,和二嫂一起去老家看看她老人家。

拿到猫后,我又马不停蹄地去宠物店给猫打疫苗针,在宠物店给它"建卡"、洗澡,还乱七八糟地又买了一堆东西,都是猫用的。花了大几百。虽然也心疼,养只猫比养个孩子还费钱,但是又想到此后日子里,它将成为家里的"一员",也许会给我们增添很多快乐,那种欢喜还是占了大半。

女儿放学回来,看见小猫,也是喜欢得不得了。猫因为换了环境还有两个陌生的人,它的眼里全是"惊慌失措",怯懦的样子让女儿甚是心疼。她一直抱着小猫,轻轻地抚摸着它,安抚它的情绪。

猫咪慢慢地开始放下它的戒备了,开始吃猫粮、喝水,那双如葡萄般的眼睛时不时地和女儿对望着。我脑海中电影般地闪过很多与猫咪亲昵的画面:有清晨它蹭我脚的,有夕阳下我看书它趴在我腿上的,也有夜里它悄悄地钻进被子里的……为什么脑海里有这样的画面啊?我想,其实那是童年里,一直留在我记忆里的美好时光吧!

那时候,家家都会养猫。那时候的猫都会抓老鼠,在麦场上和小狗一起玩，带着一身麦草钻进我的被窝。我掀开被子，借着从窗户外透进来的月光，一根一根地帮它捡身上的麦草。晚上的时候，女儿全身痒，并且胳膊上出现一大片一大片的红疙瘩，还不停地打喷嚏。我吓坏了，赶紧送她去医院。医生说是过敏了，女儿的体质是过敏体质，需要查一下什么引起的。我怯怯地说："我家今天刚刚养了一只猫……"医生把手里的笔重重地扔到桌子上说："你不知道你女儿是过敏体质吗？现在的猫啊、狗啊什么的，身上都有很多细菌，它会传染给人的。"我一时无语，小时候的猫啊、狗啊，从来不洗澡，吃的剩饭，喝的洗锅水，可我们也没有被传染上什么病啊！

"以后不要让孩子再接触猫啊、狗啊那些小动物了。"医生又说。

"记住了，记住了……"我赶忙说。尽管心里有些沮丧，但还是打算把猫送走。"哎，想了那么久，我们却也只有半天的缘分啊！"我对那只猫说。

记忆里的时光再也回不去了，我想。

那些爱国的事情

国庆节的时候我回了一趟老家,侄子和女朋友也从西安赶回来和我们一起过国庆。我进门的时候就看见我侄子用粗铁丝,给我侄女的孩子做玩具手枪。我脑海里又浮现出我侄子小时候看抗战英雄的电影《三毛从军记》,把贾林饰演的三毛喜欢得不得了。邻居家出来一条贼头贼脑的狗,都觉得它特别像汉奸。弹弓叉子根本满足不了他那颗爱国的心,他和村里那个叫狗娃的男孩躲在草垛里,研究用麦草怎么做"枪",还说村里的那个戴鸭舌帽的男人,怎么看都像从别的村过来的汉奸。

他们用尼龙绳和草扎成的枪,拿在手里就散架了。家里的那条老黄狗在草垛边来过一回,愣愣地看他们一回,感觉它的眼神里都透着"鄙视":你们两个傻蛋,连个枪都不会整。

明明是假期,可他和狗娃两个人还是天天戴着红领巾,神气活现地在麦场上的人堆里走来走去。39度的高温天气,他们也不屑于戴草帽,他们要戴抗战英雄的军帽(那军帽是我妈用灰色的布缝的,还缝上了几颗红色的星星)。他和狗娃轮流戴,狗娃他妈不会缝那种帽子。因为他妈不会缝帽子这件事,他就觉得我侄子的觉悟比他高,所以很多时候,我侄子说什么他都觉得是对的。

后来,我哥实在看不下去了,就用晚上的时间给他做了一个木头枪。他拿着那把木头枪,对着邻居家那只贼头贼脑的狗"扫射"了好几天。

生活碎片

1. 红萝卜

有一次我开车路过一个村庄,看见一位大爷正在地里挖红萝卜。当时开了一个多小时的车,有点口渴,我想和大爷要一个红萝卜吃。我顺手就将车上的烟拿下去(那是我儿子放车上的烟)递给大爷,大爷愣了一下说:"女娃子,一看你就是县上的领导。你一定是想了解咱村上的情况,你不用给我递烟,你尽管问,我一定如实回答。不过现在党的政策好了,生活条件也好了,不愁吃不愁喝的,也没啥好说的。"

我一时语塞,不知道怎么回答!我憋了半天说:"大爷,今年收成好吗?"

聊到最后我再没好意思和大爷要红萝卜,不过我走的时候,大爷还是硬塞给我一怀抱的红萝卜。

2. 关于暗恋那件事

17岁那年，你暗恋上了一个女孩子。在学校里，她走过的路，你都走了一遍。她路过的空气，你都觉得像放了白砂糖一样甜。为了给她买一块绣着梅花的手帕，你第一次偷了父亲兜里的钱。

你同桌家是开小卖铺的，为了一斤红糖，你帮你同桌家搬了两天库房。你在家连扫把都不拿的人，却在你同桌家把杂七杂八的东西都搬了一遍，最后只要了一斤红糖，因为你喜欢的女孩每个月都有痛经的毛病，你把红糖偷偷放进她的书桌………而你从来都不告诉她，你为她做了很多事。你在她面前表现得吊儿郎当的，一副稀泥扶不到墙上的模样……

很多年以后，她嫁给了一位爱她的老公，你也事业有成娶了一位温柔顾家的女子。

同学聚会上，你为了看见她的时候不让自己变得慌乱，使劲和别的老同学抬杠。她看了看你，不屑地对旁边的人说："瞧他，还是当年的那副德行！"

饭局到一半的时候，你佯装醉了，出来透透气。你搓了搓手心里的汗，自言自语道："幸好你不知道当年的我！"

颤巍巍的母爱

记忆中,很久很久以前,大概是我17岁那年,独自一个人去兰州,车水马龙,霓虹灯在我的眼里闪着迷人的光,有一种隔世的诱惑。那天我看着自己从满山遍地的羊粪蛋里踩出来的双脚,母亲做的花布鞋显得有些陌生……

在一家火锅店找了一份收银员加服务员的工作,每天用尽全力地去努力工作,想象着以后的太阳一天比一天灿烂,但总有意外来临!

有一次,不小心手里的啤酒掉地下,炸开了花,我的脚踝上也被炸出一个洞,血喷涌出来,吓坏了客户,同事们急忙把我送进火锅店对面的小诊所。本来要去医院,可是老板不给钱,老板说是我自己不小心,算不上工伤。大家身上的钱都带得不多,后来只能去小诊所。诊所只有一个老太太,80多岁,厚厚的镜片下面是已经有些浑浊的双眼,手颤抖着,拿着铁钳子和药水,给我冲洗伤口里的玻璃碴子。没有打麻药,疼得我咬破了自己的嘴唇,指甲也陷进手掌心里!

后来因为要换药,我和阿姨也聊得多了。只是每天如果听见门口有人喊"妈"的时候,她总是有轻微的颤抖,眼神也变得很紧张,有一次还慌张地把70元塞进我的口袋!让我躺在床上不要出声,然后她颤巍巍地走出去了。

我因为脚疼,工作鞋不能穿,穿着我妈做的布鞋,阿姨有一次望着我的布鞋对我说:"你妈妈对你的爱一针一线都在那双鞋子上……哪有当娘的不疼爱自己的孩子啊。"

……

"你知道吗,我就那么一个儿子,我恨不得把自己的肉割下来给他吃啊,可是,我的小虎啊,为什么偏偏走那条路啊……吸毒吸了好几年了,没钱才回家,一回家就要钱。有的时候我真的没钱,小虎就掐着我的脖子。好几次,我都想就那样死了算了,可我的小虎怎么办啊?戒毒又戒不了,如果我也走了,他就没有活路了。守着这个小诊所,小虎至少还能有个地方去……"

那天换完药回去,我仔仔细细地将我妈做的布鞋洗干净,晒在有阳光的窗台上,觉得那么温暖。

20多年过去了,脚上的伤偶尔还是会疼,也许里面还有细小的玻璃碴,那个S形的疤,总让我想起那个诊所,还有诊所里颤巍巍的"母爱"!

母亲的毛衣

母亲老旧的衣柜里,放着一件毛衣,墨绿色的。那件毛衣在母亲的衣柜放了20多年,拿出来时,依然觉得是件新毛衣。

我结婚那年冬天特别冷,婚期在十月份,婆家不富裕(娘家更不富裕),彩礼钱还是我和老公加班加点在结婚的前几天"凑"出来的。母亲要了极少的彩礼,她说意思一下就可以,这可把我家老爷子气坏了。老爷子思谋了很久,想着我结婚时能和婆家要一份足够买"一群羊"的彩礼,说那是他在咱村里的颜面,结果彩礼只够他在老家为我办一场出嫁的钱。老爷子闷闷不乐了好多天,为此还和母亲"冷战"了好多天,但是母亲不管,那些日子她总是乐呵呵地为我准备嫁妆,小到筷子碗,大到羊毛毡,被套……我娘说,咱家穷,但是你的嫁妆不能少!

老家还有男方给女方家给的"离娘钱"和女方的"酒席钱"的规矩,母亲说那些都不要了,规矩是死的,人是活的,咱不讲究那些。

后来我给父亲买了一套中山装,四个口袋都在外面,还有一顶帽子。老爷子在我结婚的前一个礼拜,知道他的"一群羊"的梦彻底没了,倒也放下他的"颜面"开始为我出嫁做些细碎的准备,当然都是在母亲的提醒中。

20多年前,很流行机织毛衣,我给母亲偷偷地称了一斤六两墨绿色毛线,骑着我家老爷子那辆二八的凤凰自行车,去了十里外的乡镇。那里有一家机织毛衣店,说是店,其实就是老板自家的一间小土屋。老板娘买了一台自织毛衣的机器,方圆十里很有名气,好多人买了毛线都去她那里织毛衣。花样可以自己选,但是我记得当时好像只有三种花样,我给母亲选了最简单的"麻花"样式。毛衣用了一个礼拜,织出来也是特别好看的。

当我把毛衣拿到母亲面前时,母亲满脸惊喜,虽然嘴上说着我乱花钱,说她一天到晚和猪、鸡、狗打交道,这么好看的毛衣穿身上太浪费了。可我清楚地看见母亲眼里的开心。那几天,家里来人,母亲一次次地把那件墨绿色毛衣拿出来,给她们看,一次次地给她们试穿:"你们看,多合身啊,颜色好看得很,我尕女的眼光就是和别人不一样。你看看这样式,就是现在最流行的嘛……"母亲一次次地拿出来,一次次地试穿,然后又一次次地小心翼翼地用头巾包好,放在她那陪嫁过来的衣柜里。很多时候,其实我也特别心酸,母亲没有出嫁的时候,外公家也算得上富裕人家,母亲也算得上小家碧玉,吃穿用度母亲在同龄女孩子中算是好的。可是嫁给一贫如洗的爹后，有了我们兄妹三后，母亲曾几次背着布口袋，给我们讨要吃的。母亲俊美的模样，在岁月里渐渐地变了"颜色"。

后来我成为人妇人母后，更加深切体会到母亲的不易。后来生活渐渐好起来，可母亲的青春被我们"偷"走了，但母亲对"偷走"她青春的我们却极度疼爱，用尽全力地疼爱。

以后的20多年，我们给母亲也买了很多衣服，可唯独那件墨绿色的毛衣，母亲除了在我结婚的那天穿了一天之外，就很少穿。她总说那么好的毛衣，等她闲一点，不喂猪羊鸡狗了再穿，可是这一等就是20多年，母亲还是年年养猪喂羊……

现在那件毛衣，我和侄女们回家，如果天气冷，母亲总是拿出来。她说我们穿得太少，她的那件毛衣很暖和，让我们穿上，老家的风大，她怕我们感冒。而我和侄女们走的时候都是将母亲那件毛衣叠得整整齐齐的，放回母亲老旧的衣柜里……

世上有一种文字永远也写不完，那就是母亲……

酿皮

那年雨水不好,秋收可想而知。苞谷的价格像极了棉布衣服,缩水得厉害。庄稼人一年盼到底,盼来的都是唉声叹气。原来麻雀在地里寻食都是成群结队的,那年地里的麻雀都是三三两两的,它们都嫌弃今年的收成。柳树垂头丧气地匍匐在土地边上,任凭微风怎样撩拨,柳条儿都无动于衷。缺水的年份,哪里还有"搔首弄姿"的心情?

16岁的尕成辍学进城打工了。那份工作还是尕成的妈妈托村主任的儿子给找的,去邮局分拣邮件,晚上可以看看门,算起来还是一份特别体面的工作。为此,尕成的妈妈还把家里藏了好几年的一瓶杏花村的酒送给了村主任。那瓶杏花村酒还是尕成的父亲在世的时候,准备去西安亲戚家带的礼物,结果还没来得及去,人就走了。

尕成看家里一贫如洗,他不愿让妈妈为了他再低三下四地去别人家借钱供他上学,就去打工了。

尕成妈一个人在家。他们家在公路边上,闲的时候,她就坐在马路边上纳鞋底、织毛衣。偶尔有司机停下来向她讨口水喝,她也把暖壶给人家,让他们随便喝。

有司机对她说:"这个路边如果有个饭馆就好了,我们路过的时候可以休息一会儿,还能吃点饭。"

尕成妈寻思几天后,打算把自己住的那间大一点的房子收拾出来开个小吃店,她住儿子的那间。她去镇上一家酿皮店打工,她对老板说:"我不要工钱,给口吃的就好!"老板看她老实又勤快,觉得自己占了个大便宜。老板把她安排在店里打杂,晚上睡在店里。尕成妈手脚勤快,她忙里偷闲还帮老板蒸酿皮。三个月,她把老板做酿皮的"技术"都学到了手。

小吃店开张那天,喝过水的司机又领来了好多个大车司机,他们照顾着尕成妈的生意。

村里人开始是同情尕成妈的,觉得她死了老公又独自撑起家不容易。可是当她的酿皮店生意慢慢好起来的时候,村里人又开始嚼舌根子。他们像树上的麻雀一样,说:"看吧,过不了多久,她就会跟那些大车司机跑了……"

尕成妈不理会这些谣言,她知道日子是自己过的,和别人无关。

又过了几年,尕成在县城也干得风生水起。他不仅自己开了一个五金店,还把妈妈也接到县城。尕成妈闲不住,又在县城开了一家酿皮店,生意出奇地好。

这下村里那些"麻雀"又开始说:"咦,你看,跟男人跑了吧。"

"听说跟一个大车司机去新疆了。"

"听说那男人对她根本就不好,把她的钱都骗走了。"

"听说……"

其实县城离村里只有一百公里,他们的"听说"也不知从何而来的?

父亲和旱烟

每次回家我都会给父亲买一条烟。可是父亲很少抽,他总说香烟没有旱烟叶卷得有劲。

香烟在我妈的衣柜里有的时候安静地躺好几个月。我妈还问我:"香烟在衣柜里放的时间久了会不会坏掉?"我说不会,但是可能会干掉,太干的香烟抽起来也许不太好吧。其实我也不知道,我只是这样对我妈说了。

我妈说我父亲是个"掐皮鬼"(小气的意思),自己不抽香烟,也不让别人抽,把香烟放衣柜里也不知道为个啥?

关于我父亲抽烟,从他的角度我也能理解旱烟对他自身的意义。记忆中的父亲:在黄昏中牵着枣红马抽着旱烟,麦场上抽着旱烟,放羊的时候抽着旱烟,犁地的时候也抽着旱烟,和叔叔、大伯们商量大事的时候也抽旱烟。旱烟棒子在他们这一辈,也算生命里不可缺少的一种陪伴吧。

有一次，我们去地里拉麦捆，父亲兜里的旱烟叶没有了。我看见我父亲把干了的树叶揉碎，然后用报纸裁成长方形的纸条，用心地卷起来抽。回家我告诉我妈，我妈拿了十五个鸡蛋，去村口的小卖铺给我父亲换了一袋子烟叶。我妈总是喋喋不休地埋怨着我父亲，可是我妈却把最好的吃的和用的都留给我父亲。快80岁的父亲其实心里也明白，自己很少生病，身体也硬朗，大部分功劳属于我妈。很难讲清楚，老一辈的生活里到底有没有爱情？但是他们给予对方的东西，好像又比现在所谓的爱情多得多。

国庆节，老二侄女给我父亲买了一斤旱烟叶，我父亲抓了一把闻了闻说："好烟叶，里面还和了百合叶。"

我没有告诉父亲，我也给他买了旱烟叶，不过还在地里长着。种旱烟的大爷说，旱烟叶要在地里长到十月底，然后让它自然干了后，才是最好了。于是，我总隔几天就开车去那个种旱烟的地头，看看那几棵像大白菜的旱烟。有时候我也和大爷在地头聊几句。他抽着旱烟棒子，吐出的烟雾在地头轻飘飘地飘荡着。恍惚中，我总觉得是我父亲。

减肥

"我要减肥。"这句话总在我吃完大餐,或者吃完一大碗面条后,准时从我的嘴巴里冒出来。我对自己说这句话的"毅力"深信不疑,但我对自己付出减肥行动的毅力,一度怀疑到无法挽回的地步。

我是个卖过七年减肥药的人(那是微商刚开始的时候)。但我对减肥这件事总是嗤之以鼻,我对我卖的减肥药也一度怀疑。七年时间里,我对我的客户一面说药的效果不容置疑,且对身体并无伤害;一面又说,是药三分毒,要慎重。我常常在深夜里想:我是个可耻又真诚的人。

好在我的减肥药被客户深深喜欢着,并有人拿去医院化验回来给我说:"药的成分很安全,我也要做代理。"他们源源不断地从我这里拿货,我在七年的时间里,赚了一笔我认为不菲的银子。

第二辑

中短篇小说集

YUN LI DE
JIAOBU

带血的碎花嫁衣

故事有点久,久到我还是一个孩子的时候……

村里的腊梅是一位美丽的姑娘,有着一条长长的粗黑的辫子。她出生时,正是腊梅开满枝头的时候,雪盖在腊梅枝头,把冬天的美衬托到极致,于是她的母亲就给她取名为腊梅。

许久以后,我常常分不清楚是我看《梅花烙》的时候就想起了腊梅,还是我想起腊梅就记起有《梅花烙》?腊梅的美我找不到合适的词,像沙漠里被西北风围绕的玫瑰,怎样的词都显得多余。

腊梅17岁的时候,村主任的儿子看上了她,村主任托人去腊梅家提亲。村主任家有一百七十多亩地,一百多头羊,鸡鸭成群。可村主任的儿子从小娇生惯养,霸道无理。腊梅爹也知道如果自己的女儿嫁给村主任家,等于跳进了火坑,可是看看村主任的家境,还是忍不住答应了。

可是腊梅偏偏喜欢邻村的后生庆华,他俩早就在村头三棵幼苗前私订终身。生死不离,生死相随,生生世世都要在一起。腊梅知道她爹答应了村主任的提亲后,在她爹房前长跪不起。腊梅娘心疼女儿,也陪女儿一起跪着。可腊梅爹铁了心要腊梅嫁过去,这样,腊梅的弟弟就有钱娶媳妇了。腊梅家也会得到十只羊,还有五袋麦子。

庆华知道后,也跑来给腊梅爹磕头。庆华说:"叔,您把腊梅嫁给我吧!我保证一辈子对她好,我用一辈子时间来孝敬您二老。以后我攒的每一分钱都交给您,将来给腊梅弟弟娶媳妇……"腊梅爹跺着脚说:"庆华,不是我狠心。你家穷得连老鼠都嫌弃,三间破房连风都遮不住,我咋放心把娃交给你?"

庆华伸出带血泡的双手说:"叔,您看,我这些日子都在打土坯,我一定盖三间严严实实的房子,不让腊梅受委屈。我一定给腊梅一个避风的房子。叔,求您相信我,求您相信我,不要把腊梅嫁给村主任的儿子。他就是一个十恶不赦的畜生,你把腊梅嫁给他,就毁了腊梅啊!"庆华一边使劲磕头一边哭着说。

腊梅爹哆嗦着嘴唇,背对着他们说:"这事就这么定了,我已经答应村主任了,半个月后娶腊梅。若反悔,在村主任儿子手里,就是死路一条。"

腊梅看着她爹的背影,知道事情没有回旋的余地了。她不哭也不闹了,拉起庆华说:"庆华哥,你这几天不要打土坯了。你去镇上给我扯七尺有碎花的红布来,算是你送我的成亲贺礼,三天后我在村口等你……"庆华万般痛苦无奈,但他还是为心爱的女孩扯了七尺碎花布，三日后送到有三棵幼苗的村头。

"庆华哥，你送我的红头绳我一直存着呢。成亲那天我一半扎辫子上，一半扎手腕上。庆华哥，你说我穿那双绣了腊梅花的鞋好不好？"腊梅满脸娇羞地问庆华。

庆华心痛得默默流泪。分别的时候，腊梅望着庆华的背影说："庆华哥，结婚那天，你一定要记得来这里送我。时间是早上七点，你不要忘记了……"

半个月后，腊梅成亲那天早上七点，庆华来到他们相约的地方。只见一身嫁衣的腊梅直直地躺在三棵幼苗旁，粗黑的辫子上扎了一半的红头绳，一半在她的手腕上，血染红了嫁衣上的碎花。她的手里攥着半张纸："庆华哥，真好啊，我穿着你买来的布，我自己做的嫁衣，从此我就是你的人了。庆华哥，我好看吗？"

庆华把腊梅紧紧地抱在怀里，把红头绳的一头绑在自己的一只手腕上，这次他没有流泪，嘴角和腊梅一样，带着微笑。人们找到他们时，他俩的血浸湿了三棵幼苗的根……十里白雪，腊梅正开，从此再也没有人可以分开他们了。

二嫂

我一直想写写二嫂,长篇也好,短篇也好,哪怕是短短的诗歌也好,就是想写写。

我问二嫂:"我写写你吧?"

二嫂羞涩地说:"哎呀,我有什么可写的?半辈子忙忙碌碌的,都没有什么值得记住的事情。"

说完二嫂低头织毛衣,神情平静,可眼神里却露出一路走来的故事。

九岁,二嫂像个假小子,跟男孩子一起掏鸟窝,被母亲拿着扫把追着满院子跑。父亲却喊她:"慢点,慢点,小心摔倒。"

十岁才上一年级,在三十几年前,十岁才上一年级的孩子很多,而且农村没有幼儿园,能上学就已经非常不错了。

十六岁,二嫂腿子忽然疼。她腰部以下,疼痛难忍,腿子无法站立,像忽然着魔了一样。她吃了很多止痛药,也让农村里那种赤脚医生看过，毫无作用。父母也带她讲了好多迷信。家庭困难，无力去更好医院的情况下，也只能寄托于迷信。

从那时候开始，二嫂的笑容再难得出现在脸上。她辍学在家，每天被她的阿爸背到大门口，坐在一张竹席子上，看着其他的孩子在麦场上嬉笑打闹。二嫂忽然觉得自己像一只断了翅膀的小鸟，她再也没办法自由飞翔了。母亲每天皱眉苦脸又无能为力的样子、阿爸每天像老黄牛一样劳累、弟弟妹妹穿着脏兮兮的衣服。他们每天都要给猪割草，还要操心她这个无法走路的姐姐。二嫂觉得自己在这个家成了累赘，她想轻生。这个想法在她脑海里盘旋了好久。她把小她四岁的妹妹每天给她拿来的药偷偷捡起来，放在枕头下面。有一天，父母和弟弟、妹妹都去麦场上的时候，二嫂偷偷将那些攒起来的药一次性都吞下去。她以为那些是止痛药，同样也是毒药，其实喝多了也是毒药。二嫂安静地躺在院子里。她想结束那种痛苦和煎熬，她想安静地离开这个世界，离开被生活压弯了腰的母亲和疼爱她的父亲。她在心里默默地说：再见了，这个世界。

可二嫂并没有等来那种安静地离开，而是头晕目眩，恶心呕吐，不断地呕吐。胃液和还没有来得及消化掉药片粘在院子里的土中，父母从麦场上回来了。母亲看着二嫂，"哇"的一声哭得撕心裂肺。父亲紧紧地抱着颤抖的二嫂，也是无语哽咽。弟弟早已被吓傻，只有最机灵的妹妹二话不说就去叫村里的赤脚医生。赤脚医生飞奔到二嫂家的院子里，翻翻二嫂的眼皮，摸摸她的脉，再看看粘在土里的止痛片，对二嫂的妹妹说："快去盛碗酸菜水来。"一碗酸菜水灌下去，傍晚的时候，二嫂缓缓地睁开了双眼。二嫂看着全家人围在她身边，二嫂微微地一笑："我想着多吃几颗可能就会止住疼痛……"

"我的娃，等秋收后，卖了粮食，阿爸带你去兰州看腿子。你放心，阿爸就是拼上老命也要给你看病。"

秋收后，二嫂的阿爸卖掉了粮食，用架子车拉着二嫂去看病。二嫂家在农村的山梁上，得先去县城，再坐车去兰州。那山路十八弯，二嫂的阿爸就用架子车拉着二嫂去县城。路途遥远，赶到县城又遇大雨，父女俩全身都湿透了。路过一个亲戚家，算起来是二嫂的堂哥。阿爸走进去，寒暄一会儿又问："可不可以在他家暂住一夜，明天再坐车去兰州，怕二嫂淋雨感冒。"

亲戚家的人居然说："阿叔，你也看见了，我家就两间房屋、两个炕。我家就五个人呢，实在没地方睡啊。"

阿爸什么话也没有说，默默地拉起架子车往车站走。阿爸对二嫂说："娃，你莫怕，有阿爸呢。我们先去车站，看看现在能不能赶上末班车。"

二嫂看着阿爸在雨里拉车的背影，把泪硬生生地咽到肚子里。那一刻她变得无比坚强，她对阿爸说："阿爸，没事的，雨又淋不死人。您慢点走，莫急，我的腿会好起来的。"

雨水和泪水在父女俩的脸上横七竖八地交织着，像是争着要冲洗掉心里的悲伤。

快到车站的时候,他们又遇到一个本家的堂叔。

"哥啊,你这么大的雨拉着侄女干啥去啊。"堂叔问。

"我想去兰州给我娃看看腿子。"阿爸说。

"明天雨停了再去,快和我一起去屋里,再别把娃感冒了。"堂叔一边抱起架子车上的二嫂,一边对阿爸说。

堂婶婶知道情况后,给二嫂换掉了湿衣服,做了一锅热气腾腾的面条,又把炕烧得热热的。二嫂那晚在堂婶婶的热炕上,做了一个梦。她梦见自己的腿好了,她穿着花格子衬衣,和同学们一起坐在教室里听老师讲课。

当第一缕阳光射进屋里时,二嫂睁开眼睛,她暗暗下决心:不管结果怎么样,自己一定要坚强地活下去。她看过苏联作家尼·奥斯特洛夫斯基的长篇小说《钢铁是怎样炼成的》。她忽然懂得人最大的敌人就是自己,只有战胜了自己,才能创造出奇迹。她也知道,接下来前方的路必定长满荆棘。她不再害怕,人一旦死过一次,便会明白活着的意义。死都不怕,还怕活着?更何况她的身边还有疼爱她的阿妈和阿爸,以及可爱的弟弟、妹妹。以前她总觉得家庭太贫穷很自卑,如今看来,一家人健健康康地生活在一起才是最大的幸福。

去兰州兰大二院,医生仔细检查后说:"我们医院暂时还无法完全治疗好,耽搁的时间有点久了,恢复到原来已经不可能了,右大腿根神经坏死,盆骨已经损坏,我们这里只能保守治疗,比如吃药、针灸等,可以减少疼痛,慢慢可能会下地走路,但不能像正常人一样走路了，当然也不是完全没有希望，可以去北京的大医院换盆骨，换完以后就可以像正常人一样直起腰走路了，但是……费用可能需要十万，而且也不能保证一辈子……"

"十万？"二嫂的阿爸用手摸摸口袋里的560元，那是卖掉了一年的庄稼所有的钱，也是家里一年唯一的收入。

"阿爸，我们不去北京。医生不是也说了吗，保守治疗，只要不疼，慢慢就可以走路了。只要能走路，腰能不能直起来都没有关系的。你看，希望还是很大的嘛。"二嫂微笑着安慰阿爸。

是的，有的时候，磨难会一次又一次地降临在同一个人的身上。

经过两三年的保守治疗，二嫂的疼痛稍微减少了一些，也可以扶着墙慢慢走路了，但是腰很难直起来。家里为了二嫂的病已经负债累累了，弟弟、妹妹还要上学。村里的媒婆上门来说媒，对二嫂的阿爸说："他叔，不行我给娃张罗一门亲事，娃腿子不好，但是不耽搁生娃。外村有一户人家，家况还不错，年年有余粮……"

"家况不错，年年有余粮，她会找我娃？她婶，你话是不是留了一半？"阿爸问媒婆。

"就是……那家娃脑子稍微那个……就是反应慢点。他叔，话又说回来了，咱娃这身体，啥也不能干。虽然那娃脑子有点问题，咱娃过去就可以当家呢。"

二嫂的阿爸抽着烟，烟雾挡住前面的视线，看不清楚他的表情。

半年以后，那个媒婆从二嫂家门口路过，她看见二嫂给门口猪圈里的猪喂食。媒婆很惊奇:"呀,我家娃啊,你都可以干活了?不行,婶子怎么也得给你在县城找个婆家。"

二嫂望望在远处地里忙碌的父母,又望望一贫如洗的家,对媒婆说:"婶子,如果有合适的,你帮我张罗一下吧。我不能再这样拖累我家了,但是彩礼我必须要五千元,我爸妈为了我欠了太多的钱了。"

"五千是不是有点多啊。"媒婆望着二嫂的腿子问。

"不多。我现在可以干活呢,虽然不能和正常人一样走路,但慢慢会越来越好的。"二嫂倔强地说。

"行,娃,这事包在我身上,我一定帮你瞅个好人家。"

后来,她就成了我婆家二嫂。二哥比二嫂大整整十岁。二哥没有念过书,人憨厚老实,凡事也让二嫂三分。虽然日子清贫,也经历了许多坎坎坷坷,但总的来说也算安稳。二嫂自己也在县城打工,工资虽然少,但也可补贴家用,她也拿出一部分继续治疗腿子。六年后,二嫂生了侄子,日子也慢慢好起来了。家里盖了楼房,二嫂的存折里也有了一定的数字。二嫂将家里收拾得干净亮堂,把侄子也教育得非常优秀。家里里里外外的大小事情,都经二嫂的手。虽然她的腰还是没有完全直起来,但在我心里,二嫂永远都是一个昂首挺胸往前走的人。

20年了,我们妯娌之间从未红过脸。逢年过节的时候,二嫂总会准备一大桌子饭菜,叫我们过去一起吃。有的时候我也会不好意思,偶尔会买件小礼物送给二嫂。她总怪我乱花钱,她说我们妯娌之间就像亲姊妹一样,要相亲相爱。

很多时候,真的很感谢二嫂出现在我的生命里。人总有不顺心的时候,我也常想:二嫂那么聪明善良的女子,老天爷给了她那么多磨难,可是她还是坚强地一步一步走过来了。许多人一生只活一次,而二嫂活了许多次不同的人生,这同样是老天送给二嫂的礼物。

此后余生,再没有什么困难可以难倒她了,我想。

尘封往事

今年的雪花来得格外迟，好像也害怕感染病毒，躲在冬日的云层里，许久都不曾来人间。西北风怒吼，像是申冤，像是呐喊，又像做无畏的挣扎。

弥漫着炕味的小屋，我和母亲在炉子边喝罐罐茶。说起这个村里的陈年往事，好像连茶里都充满着悲伤。

那年腊月，雪特别多，总感觉世界一直是白茫茫的一片。山如画，被冻僵的麦田也如画，但人们的日子并不如画，一如既往的贫穷。都说大雪兆丰年，可从四月种田开始，老天就开始"装睡"。别说下雨了，连一点它的"哈喇子"都舍不得流。收成不好，这个穷巴巴的年份啊，农民的日子自然不好。日子不好，哪怕是三九天，好多人家的炉子里就没有煤炭。都是靠从山坡上捡回来的羊粪蛋过冬，连柴都很少。记不清那年为了什么，一片很大的白桦林，村主任就忽然通知大家把那片树林砍掉，谁砍得多就分得多。于是大家把那些砍掉的树拉回家,有的当柴火烧,有的盖房子用,有的用来做棺材。至于那片地,据说要盖一所什么来着,现在记不起来了,但是从八岁到现在,我也没有看见那片地盖了什么。那一大片白桦林从此就消失了,以至于后来村上好多年都没有几棵像样的树生长。

村子边上,有一条沙子路,通向县城,也通往兰州。后来,人们在白皑皑的大雪里,发现了小炭疙瘩。于是人们像发现了新大陆一样,都特别兴奋,有人拿着竹筐,有人拿的洗脸盆,有人拿的尼龙袋子,参差不齐地匍匐在那条沙子路上,捡从拉煤车上掉下来的煤渣。白皑皑的雪被大家翻了一遍又一遍,连指头大小的煤渣都被大家捡起来了。对于寒冬来说,那些炭渣比过年的猪肉更值得拥有。穿着黄胶鞋的男人们和裹着各种头巾的女人们在那条路上,像极了一幅冬日里的油画。

日子一长,砂路两边的煤渣越来越少,而捡煤渣的人却越来越多。刚开始是白天捡,后来连晚上都挤满了人,大家都拿着手电筒。再后来,人们开始不满足等待那些煤渣从大卡车上自己滚下来,他们开始在砂路上放更大的石头。当大车从那些大石头上过去,由于颠簸的原因,有更多的煤渣从那一辆辆大卡车上翻滚下来。晚上拉煤的卡车司机变得更加小心翼翼,那条路是唯一的一条路。卡车司机虽然愤怒又提心吊胆,但又无可奈何。

但人们的"聪明"在欲望面前变得一次比一次膨胀,他们开始不满足设立路障来捡煤渣了。晚上的卡车行走得特别缓慢,于是村里的男人们开始偷偷爬车,然后不停地从车上把那些煤渣用铁锹往下扔。夜里风大,从路边电线杆里发出的声音掩盖了铁锹铲煤渣的声音。但是,没过几天,司机们便知道人们冒着生命危险和他们抢煤渣。他们对那几个不要命的村民,由可怜转变为可憎。司机回煤场,给老板抱怨那些可恶的村民,于是煤场老板又派了两个人和司机一起护送煤。快到我们村的时候,一个人开车,两个人穿着棉袄蹲守在车厢里。有爬车的人,他们就在上面大声呵斥,还做出用煤渣砸他们的动作。渐渐地人们开始消停了,又变回在路边慢腾腾地捡煤渣。

快过年的前十天,村里的几个男人又开始爬煤车了。他们想在过年的时候,能让房子暖和一点儿,能让妻子、孩子过个暖和的年。可能他们这次的行为彻底地惹怒了煤车司机,蹲守在车厢里的人不再呵斥,他们拿了铁棒,在怒吼的北风里抡在了偷煤人的身上。几个人被铁棒打在身上,随机也翻滚下来,掉在砂路上,胳膊、头上、腿上都是伤,可命还在。但是村里的旺财就没有那么幸运了,他被守煤人抡起的铁棒直接打在太阳穴上,从煤车上翻滚下来,头上的血流了一地。第二天,白皑皑的雪上全是旺财的血,血和雪凝固在一起,太阳一照,更加刺眼。白皑皑的土地,白皑皑的山一座连着一座,旺财的血像一场战争留下的标志一样。那天开始,路上捡煤渣的人寥寥无几了。远远地只看见刘家奶奶嘴里叼着烟,手里拿着尼龙袋子,在雪地里捡细小的煤渣,背影在风中凌乱。

旺财的尸体被村里人停放在山坡上的窑洞口。村里有讲究，死得不明不白的人是不可以进村子的，因为灵魂得不到安宁。怕他的灵魂一直飘浮在路边不肯回家，所以肉体也不敢抬回家，放在山坡上，好让他看见自己。

旺财的妻子和孩子哭得死去活来，他们怎么也想不明白，不就是几颗煤渣吗，怎么就能让人没命了呢？

其实旺财家的日子相对于别人家来说，还是好点的。旺财是木匠，偶尔给别人家做衣柜、棺材什么的，总还是有点收入的。可旺财偏偏去车上偷煤，又偏偏被守煤人的铁棒打中了太阳穴。那时候乡村路上没有监控，黑漆漆的夜里，根本就不知道是哪辆煤车上的人打死了旺财。再说是偷煤人理亏在前，打官司好像也是没有结果的事情。村上的人都说旺财死得有点冤，但这种冤也是他自己找的，能去哪里申冤？

旺财的老婆每天晚上都哭，她逢人就说："昨晚旺财又回了他做木匠活的那屋，刨子响了一夜。他生前接了上庄王老汉的棺材，只做了一半，他一定还在惦记着。"旺财老婆这么一说，村上的女人和孩子一到晚上，再也不敢出门。他们早早地将羊粪蛋在屋里放一箩筐，守着炉子，也守着羊粪蛋里的火苗。但是村里的男人们不害怕，他们端着罐头瓶的茶杯在太阳下山后，吃了自家婆娘做的晚饭后去陪旺财的老婆。旺财走了，留下了旺财漂亮的老婆和三个上学的孩子。村里的男人们开始将自己的善良发挥到了极点，给自己孩子舍不得给的糖拿过去给旺财老婆和孩子。有男人还偷了自家的羊粪，拿去给旺财老婆。日子一久，总能听见村里吵架的声音，都是因为自己男人晚上去旺财家守护旺财老婆。他们怕旺财老婆害怕，可他们从来不怕自家老婆和孩子也害怕。连过年的鞭炮声，都压不过吵架和厮打声。那贫穷的小山村，唯有炊烟从来不变，日复一日地在西北风里自由散漫地跳舞。那些悲凉的故事，那些在的或不在的人对它来说不值得一提，因为那些总有一天会埋于黄土，成为尘埃。

过完年，男人们开始忙了，似乎少了一些在星星挂满天空的时候去旺财家的脚步声。但这不代表结束，好像这少许的安静中正在酝酿另一个悲剧。

旺财家的邻居杨福根的老婆恨透了旺财老婆，因为她老公在旺财死了以后，成了旺财家的常客。不光晚上过去陪她们娘三，白天有什么活也是毫不犹豫地过去帮忙。旺财老婆脸上好像越来越滋润，她在阳光中那种温柔的笑容，却像刺猬一样刺着女人们的心脏。杨福根的老婆却越来越蔫，她每天拿着苊苊草的扫把，追着院子里的老母鸡大声骂："你这该死的母鸡，一天天地勾三搭四的，没个正经，你不怕遭报应吗？老娘就想打死你。"母鸡不会说话，委屈地扇着两只翅膀，在院子里慌乱地逃窜着。杨福根的老婆在风中把苊苊草的扫把抡得呼呼响，其实没有一下是实打实地落在母鸡身上的。生气归生气，她还是明白母鸡每天一个蛋，比她老公靠谱。

生气的何止是杨福根老婆啊，村东头懒汉老婆更生气。懒汉的名字叫祁宝军，因为是家里的老小，从小被爹妈惯养，养了一身懒惰的气息。30岁才娶了上庄的一个丫头，村里人渐渐都叫他懒汉。懒汉40岁的时候，爹妈都去世了，哥哥们都各种有自己的家庭，顾不上照顾他。他也有两个孩子，老大是女儿叫祁贵珍，老二是儿子叫祁贵兵。懒汉的老婆看着别人家的日子一天天有了起色，自己家还是一潭死水，她琢磨着让懒汉学个手艺，总还是饿不死人的。她从娘家借来钱让懒汉去学车，懒汉大概也觉得日子不能再这样过下去了，他不能让别人一辈子戳着他的脊梁骨叫他懒汉，也不能老让自己的老婆去娘家借钱粮食。懒汉背了一个布袋，布袋里是他老婆给他做的苦苦菜和黑面馍。懒汉去县城考驾照了，带着他老婆的希望，带着孩子们的希望，也带着自己的憧憬。在那个用泥土盖房子的年代，能考驾照，好像是个非常特别的事情。懒汉是在村里第一个吃螃蟹的人，村里人再提起懒汉，总会说一句："哎呀呀，不得了了，懒汉都要开车了。"可也有人悄悄嘀咕："饭都吃不上，整那些没用的，公鸡屁股上插毛——闲的。"可不管村里人怎么说，怎么想，懒汉老婆都不理。她相信自己男人，也相信自家男人能让她们一家人过上富裕的生活。她从娘家借的钱是娘家爹卖了羊让她拿回来的。娘家爹妈也是憋了一口气的。当初把姑娘嫁给懒汉，就有很多人说他们把自己的姑娘嫁给了一个懒汉，等于把姑娘放在一个不长草的荒地上——浪费。所以，当他们听自己的姑娘有这样的想法，他们也是破釜沉舟地想赌一把。

半年后驾照拿到后，娘家人又托人给懒汉介绍了一份开大车的工作。日子慢慢好起来，懒汉家的饭桌上常常能看到白面馒头了，两个孩子身上的衣服也渐渐少了打补丁的。懒汉媳妇的脸上也用上了雪花膏，滋润了很多。起初，懒汉还是非常争气的。他一天不落地开工，连下雨天都舍不得休息。懒汉老婆的娘家人也忽然觉得走路腰杆也直了，见人就说："我家那女婿又给我带来了茶叶、冰糖还有卷烟哩，都多得放不下了哩。不让他买，他偏要买……"村里人附和着说："你看看，多好的女婿啊，怎么偏偏叫懒汉呢，要改掉。"

"对哩，要改，要改。"懒汉老丈人拿着旱烟棒子穿过人群，一步三回头地不停说着。

于是，懒汉家的条件又慢慢地超过村里很多人家。懒汉走在村里的土路上，总有人过来和懒汉打招呼。有年轻人也过来给懒汉递烟，他们都说懒汉真是个不得了的人啊。开那么大的家伙，往家门口一停，不知道有多神气哩。懒汉慢慢地开始觉得很多人都不如他，他开始看不上那些和他搭讪的人，也看不起给他递烟的人。他觉得他们配不上现在的自己，他开始穿西装了，打领带。好像他不是去工地上开大车的，是去县上给领导开车似的。懒汉也开始膨胀了，很少回家，有钱了总是去县城，和狐朋狗友们下馆子，进街边发廊。回家给自己老婆买了一件红裙子，他让他老婆穿上，他老婆说："我还要下地干活呢，穿裙子，蹲下去，里面的花裤衩都看见了，羞死人了。"

懒汉却骂他老婆没见过世面。

懒汉老婆一如既往地带着两个孩子,在老家种庄稼、养猪仔、养鸡,她希望日子慢慢地越走越好。

自从旺财走了之后,懒汉就按时回家了,但陪自己老婆孩子的时间并没有因此就多了。他的大部分时间还是去陪旺财老婆和孩子了,懒汉说他们两家还沾亲带故的,不管那娘仨过意不去。懒汉的说辞让人哭笑不得,全村如果论亲戚关系,是能连成一个圈,谁都不会漏掉的。

懒汉口袋里是有钱的,据说他挣了很多钱,可是他老婆却和隔壁的借钱买醋。可想而知,后来懒汉的钱其实是没有花在自己妻儿身上的。懒汉老婆知道自己男人不争气,把自己的钱都花在别人家了,但是她不作声,该干啥就干啥。四月的风里,懒汉老婆一个人去种田。那一行一行的麦地,懒汉老婆一个人牵着家里的那头驴种麦子。风把她的脸吹得通红,像被岁月重重地撒上了一把颜料……

五月,懒汉从工地开车回来,直奔旺财家。旺财老婆把炉子生得暖暖的,炉子上放的熬茶罐,里面放了冰糖,那冰糖还是懒汉上次买给她和孩子的。懒汉却觉得自己很幸福,上班回来,还有甜甜的罐罐茶等着他。可到底是罐罐等着他,还是有人等他的钱?说不清楚了,懒汉自己不清楚,别人再清楚也没有用。

别人给懒汉老婆说懒汉回来了,但是去了旺财家。懒汉老婆笑笑说:"我知道哩,懒汉提前给我说了。"那个人也觉得无趣,便走了。

懒汉老婆在门口的菜地里拔完草、喂完鸡,又给孩子们把衣服洗了,头也洗了。她自己也换了一身干净的衣服,她嘱咐孩子们吃完饭早点写作业,她要出去一会儿。

第二天,太阳好像已经筋疲力尽了,那点惨淡的光,总觉得像是所有的力量都只剩下一丝丝的。村里的人不断地从不同的地方往旺财家走。村里的狗像嗅到了不一样的味道,也急急地跟着人群走。老远就听见旺财老婆发了疯地哭,哭声像被"唢呐"附身了一样。只听音,就觉得悲伤到了极点。人们聚围在旺财家门口的水井旁,旺财老婆怀里抱着老二银草,旁边躺着老大银花。俩孩子都口吐白沫,眼睛往上翻。旺财老婆赤着脚,头发凌乱,全身颤抖着。

"那个挨千刀的,这么缺德,往水窖里放了那么多的老鼠药,真的丧天良啊。"

"快点叫个车啊,送医院啊,不然孩子快不行了。"

"家军?家军?快点把你的拖拉机开过来,快点开过来。"村主任大声喊。

家军一边往回跑,一边说:"马上开过来,马上……"家军的一只鞋都跑丢了,可他顾不上,使劲往自家跑。

后面来的人半天才弄清楚,不知道是谁往旺财家的水窖里丢了十几包老鼠药。老大银花从水窖里打了一桶水,两孩子当时可能玩渴了,从水桶里直接喝了几口水。旺财老婆和儿子银山在屋里睡觉,直到听见"扑通,扑通"两声,旺财老婆才出来看见两孩子都倒在地上。她看见水桶里有一个纸片,再往水窖里仔细看,便看到很多纸片(以前的老鼠药只用白纸片包着,也没有图案,没有文字)。她才明白是有人往她家水窖丢了很多老鼠药……

那天,所有人的心里都是一个浑浊的世界。

第二天傍晚,家军回来了。他的拖拉机上躺着两个孩子,孩子的身上盖着白色的床单,从头到脚都盖着。大家站在路两边,便知道这俩孩子都没有救活。大家把旺财老婆从车上扶下来,她的两个眼窝深得像水窖。

五月的暮色渐渐满了屋前瓦后,西北风的声音如泣如诉。隔年草垛里有老鼠悄悄地探出头来,那小小的眼睛光亮如炭。大家都不愿意离开,就连从前说尽风凉话的那些女人们,此时都是十分悲伤的。就连隔壁的女人,也在自己门口从黄昏站到凄凉月光升起。有些人将目光一遍又一遍地往邻居金花的身上扫去,好像他们一遍遍地看,就能看出答案。

金花的男人从人群里走出来,他三步并作两步地走向自己婆娘跟前。金花还没有反应过来,就被他男人狠狠地几个耳光,一边打一边说:"是不是你放的老鼠药?是不是你放的?你这个死婆娘,今天说清楚,如果是你放的,你今天就死在这里,给两个孩子抵命。你亏了你家先人啊,这么缺德的事情都能做出来……"骂着骂着,他也哭了。他跪倒在门口,手里紧紧捏着两把黄土,也分不清楚是愧疚还是害怕？他老婆嘴角流出了血，她没有挣扎，没有解释，只是一个劲地说："我没有，我没有……"她的声音被北风吞噬掉了，人们的目光渐渐地离开了。

两个孩子的尸体按村里规矩，也是不能进院子里的，只能停在院子外面草垛旁边。两块木板上放着两个孩子，白色的床单上映着惨白的光。男人们点了两堆火堆，守在两个孩子的身边，女人们都陪着旺财老婆。此时，无论多大的仇恨、多大的怨恨都化为一份微薄的力量，守在这个不到一年就失去三个人的家。大家怕旺财老婆想不开，就把她儿子银山放她身边，希望她看见儿子还有勇气继续面对这个世界。旺财老婆从医院回来就一直没有说过话，直到半夜，银山拉着她的袖子说："妈啊，我饿了。"深夜里，旺财老婆一声凄惨的长吼，划破夜空。女人们陪着她，都悄悄地流着眼泪。

天微亮，三个警察就来了。他们和旺财老婆说了几句话，又和众人了解了一些情况，就转身离开了。人们望着警察离开的背影，半张着嘴，望望金花家的门，又望望警察，好像很失落。人群里有人喊："警察同志，怎么走了啊，怎么不去抓那女的啊？"

警察转过身来问："抓谁呢？难道你们比我们更清楚是谁放的老鼠药？啊？凡是要讲证据的，你们乱猜什么？投毒的人我们昨晚就查清楚了……"警察说完就向村东头走去，人们若有所思起来。

当警车从村子中间那条土路上走过时，人们从飞扬的尘土中看见了懒汉老婆的脸。人们才忽然想起来，这两天几乎所有的人都来了,唯一不见懒汉的婆娘。

人们的嘴角开始微微上扬,他们都想着这个故事总要有人出来结尾,而懒汉老婆就是那个画句号的人。只有金花站在风中,她一直一直地望着警车里懒汉老婆的脸,凌乱的头发遮住了半张青肿的脸。

那一抹山茶红

我常想,如果这世上有奇迹,那孔红算一个。26年前,孔红出了一次车祸,腰部以下都瘫痪了。最美好的青春里,孔红是躺在床上度过的。26年啊,两条腿都细成了麻秆。躺在床上的孔红像极了20世纪70年代"皮影戏"里的娃娃,用两根竹筷子支撑着上半身,飘散在青春里的是残缺的身体,在充斥着土味的炕上挣扎着。26年中,她经历的生死像九九八十一难混合起来的重量,将她的意志摧毁得只剩一点若有若无的游丝!她一生未嫁,躺在娘家的那间土坯房的土炕上。青春像个不知羞耻的演说家,日复一日、年复一年地给她灌输着岁月是多么的美好。明明知道她无法享受,明明知道她是干枯了一半池塘的鱼,她只想要雨水,但她周围都是沙漠……

生活给她开了一个天大的玩笑,又给了她一个不可思议的奇迹。26年后,她瘫痪的双腿居然有了知觉。慢慢地,她扶着自己十平方米小卖铺的货架，挪动着双脚，一步一步。此时，她的双鬓有了一缕白发……

我一直想写孔红，好像零零碎碎地写了很多，可就是没有完整地将我想要的东西写出来。关于孔红，我之前一直没办法敞开心扉地去写。我是目睹了她车祸的人，也是26年来从来都没有忘记过她的人。我想起她内心是痛苦的，那种痛苦是曾经的无能为力。我无力为她做任何事情，却目睹她的青春枯萎得不剩一丝水分。我们都被现实紧紧地控制着。内疚时常充斥着我的五脏六腑。假如我一直不曾写文字，也许，内疚仅仅存在于她出车祸的那两年。可是我写了很多文字，小小说、故事、诗歌。当然，我并不出名。不出名就不出名吧，这也不能阻挡我继续写。可是我却不能完完整整地写孔红，写她的一生、她的遭遇、她的蜕变和她身上的奇迹。我是怕，在她的身上，我不能对善和恶一视同仁。我更怕，当孔红看到这些关于她的文字，26年来的痛苦会不会又被揭开伤疤，重新疼一次？后来看了余华的《活着》，我觉得我写与不写，孔红的故事一直在，一直在我的脑海里徘徊。我决定写一写，用最平实的语言。

1993年，我14岁，初中在离家十五里的地方。我们住校。那时候，学校没有暖气。冬天的时候，教室里有一个炉子，宿舍一个炉子。同学们轮流值日，值日的时候也包括生炉子。我们周五回家，周日下午返校。返校的时候，带够一周的"粮食"之外，再带点柴。每人带一小捆柴，放到煤炭房里，每个班级都有煤炭房。班级里有几个仗义的男生的话,女生就不用生火了。他们会一个冬天天天早上五点多起来,把教室里的炉子生得热热的。等同学们上早自习的时候,教室里已经开始暖和了!

我是在初三的下学期认识孔红的。我16岁,孔红17岁。她穿了一身夕阳红毛料做的西装。90年代的西装好像千篇一律一个样子,但是对于当时来说,在农村能穿那样的西装的人,非富即贵。孔红的家庭就是在当时也算得上相当富裕。孔红的头发是自然卷的,再加上她白皙的皮肤,我那时常常想,她是不是像简·爱?那时候看《简·爱》,脑海中的简·爱有无数种模样。见到孔红,就觉得简·爱就像她一样。孔红在一班,我在二班。孔红每天经过我的窗口,我总能看见她白皙的脸,像简·爱的自然卷头发,还有让我羡慕了很久的白色运动鞋。

我因为一首小诗发表在《少年文摘报》上,成了学校里的"名人"。周一的全校早会,我被校长点名表扬,说我是学校十年来第一个把铅字搬到报纸上的学生。刚开始我只是觉得不好意思,可是校长连着半学期在周一早会和周五午会上表扬我的时候,我开始慌了。我想找个地洞钻进去,有一种被人扒光衣服游街的感觉。后来,我每次都把头低得很低,几乎是弯着腰的。有一次,孔红悄悄在我后面塞给我两个棉花团,压低声音说:"塞进耳朵就听不见啦!"我就真的把棉花团塞进耳朵,听不见校长的声音,心里舒服多了。

那次午会结束后,孔红找到我,她说:"把报纸借我看看。你的诗挂那上面,只听校长说了那么多次,耳朵过瘾了,眼睛一次都没有见过。"

我说:"报纸被我妈放箱底了,下周回家拿来给你看。"

"你妈妈的意思是把它放起来,以后你出嫁的时候当陪嫁吗?哈哈哈。"孔红大笑着说!

于是,一段友谊,在即将毕业的时候,在校园里开出了花。

在学校,我一直喜欢独来独往。倒不是我没有朋友,有几个好朋友,比如杨雨。她家离学校最近,每周都会有三次从家里带米饭和炒土豆丝给我吃。杨雨的妈妈是位慈祥的母亲,杨雨爸爸是老师,她便成了家里的公主。被她爸惯得全身的公主病,和男同学打架,杨雨就没有输过。她和一个男同学打架,会有好几个男同学帮杨雨打架。她整天在学校里像风一样,忽来忽去。但她生在干部家庭,杨雨的家庭也是富裕的,所以她和孔红都是那种站在人群里就会发光的人。杨雨不管和别人怎么吵、怎么闹,她确实是我们学校的校花之一。除了疯,她也是能歌善舞的。学校里的任何活动,基本都不会少了她。她从小文艺细胞就相当活跃,有一种与生俱来的表现力。她唱歌、跳舞、朗诵、主持样样精通,也一度成了校园的"风云人物"。

多年以后,很多同学都不联系了,但是,杨雨还在联系。我们每年都会见面,她也经历了很多事情(这里的事情是指她经历了比别人更多的悲欢离合,后面我会说到)。

比如漂亮的婷婷,还有晓平,但她们都有一个共同点:家庭都比较富裕，都算得上家里的公主。唯独我，真正的贫困家庭。学校食堂我很少去，一周就拿七八个馒头，一瓶咸菜。多亏有她们几个接济，学校的日子倒也不怎么清苦。还有我的老师，也时常帮我。虽然我和她们的家庭有很大的差别，但是和她们的友情并无间隙，这一点是很多年来我一直感激她们的原因。

那时候，我在夜里躺在大通铺上，听床底的老鼠跑过来跑过去。想起刚进学校的时候，第一天就是大扫除，我们从床底扫出来上一届学生留下来的烂鞋、死老鼠、发霉的馍馍、树枝等。等打扫完，我们都是灰头土脸的。只有两只眼睛挂在脸上，眨巴眨巴地一个望着一个，好像在说"以后我们就是这间宿舍的主人了"。老师让我们用破抹布将大通铺的床板擦洗干净，然后每个人60厘米。铺上自己从家里带来的褥子、床单、被子，一个宿舍常常差不多的15到20个同学，中间的过道只能侧着身体走。睡在最里边的同学下晚自习常常都是飞快地跑去上厕所，然后又飞快地去宿舍。不然回去得晚了，上床就很费劲。要让前面的同学一个一个地出来，她才可以进去。

靠门边有一个木头柜子，上面有两排放同学们的喝水杯子和饭盒，下面两排放同学们的刷牙缸子，牙缸大多都是罐头瓶子。牙膏都是中华牙膏。每天早上值日生从食堂打来一桶开水，然后我们跑完操，每人一缸子开水，泡馍吃。家庭条件好点的会给孩子带两饭盒炒菜或者凉菜，大多数孩子都拿的咸菜，泡馍加咸菜就是三年初中的早饭。

我在食堂很少吃饭,因为没有饭票。杨雨总是在周三或者周四带一饭盒大米饭和炒土豆丝给我吃。感谢的话我很少说,我一直在想,她和她母亲的这份温暖有一天我一定会还。但是杨雨给我带饭的时候从来都没有想那么多,她总是说:"吃吧,吃吧。我妈又把饭做得太多了,你帮我吃点,不然又吃剩饭。"我知道她用这种方式"大大方方"地守护着我的自尊。她虽然满身的公主病,但她是真的善良,可老天对成年后的她并不怎么友好。

可不管怎么说,我们都不曾忘记对方。我们至今都保持联系。

用现在的话来说,孔红当时也算是富二代。她爸是妥妥的万元户,她一个礼拜的零花钱比我一个学期的零花钱还多(其实那时候我压根儿就没有零花钱)。这是我常常觉得有时候不敢靠近她的原因,因为她买东西特别大方,一个礼拜有大部分时间都去"下馆子"了。她常叫我,但是我不去,自尊心不容许我一而再再而三地去接受她们在生活上的馈赠。所以,大多数时候我都独来独往,躲在教室后门的台阶上看小说。有一次班主任对几个疯玩的女孩子说:"你们能不能学学人家姚?看看人家有时间就看书,所以人家作文才写得那么好呢。"

可老师不知道的是,我看书其实也是为了麻痹自己,这样就不用觉得特别"对不起"我的胃了。偶尔也会心里酸楚,生活对我而言,好像从起点就破碎不堪。可是杨雨、孔红她们给我的温暖,是青春里为数不多的一份甜。

孔红其实是个很骄傲的人。她走路头仰得高高的,把谁都不放在眼里的那种，但后来我发现她对他们班的一位男同学不一样。比如我们一起走在路上，又说又笑，那个男同学走过的时候，孔红就忽然安静下来，浅浅地笑。如果正好那位男同学看她的时候，孔红的脸就会红。我其实是明白孔红那时候是喜欢那个叫柯达的同学了，但是谁的青春不会有点小波动啊，所以我也就假装不知道。

一天傍晚，细雨蒙蒙。我是特喜欢小雨的人，于是一个人跑去操场的小树林，看雨从树叶上滴下来的样子，不想遇见了孔红。她独自一个人坐在一棵小树旁，手里拿着仓央嘉措的诗集。学校有图书室，但是天天挂着一把大锁。图书室里的书其实也是寥寥无几的，大多数是学校的墨印机印出来的老师们的"杰作"。现在想起我的老师们，都觉得他们就是满腹诗书、才华横溢。

偶尔我也会去班主任那里，让他带我去图书室，拿几沓老师们的"大作"来读。总觉得看那些精彩的文章，比"下馆子"更有意义。

所以，孔红手里的《仓央嘉措诗集》绝对不是学校图书馆的，应该是她周六去县城图书馆买的。她爸爸在那时候就已经有了一辆小私家车，她每个礼拜都会去一趟县城。孔红妈妈不喜欢去县城，所以她宁愿在老家待着。孔红不愿意和她妈妈分开，也没有去县城上学。她爸爸好像基本都在县城，回家的次数也不多。

为了那本诗集，我"热情满满"地跑过去和她"搭讪"。但是，那天的孔红没了往日的欢乐，很像大雁要南飞，可偏偏飞不走的那种哀愁。我特别不习惯此时文文雅雅的孔红,我宁愿她是之前那个看起来像简·爱,脾气和动作又像简·爱姑妈的孔红,但此刻她不是。那若即若离的惆怅像极了仓央嘉措诗歌里的姑娘,细雨打湿了她额前曲卷的刘海,我心想这是从画里面走出来的姑娘啊。

我问她怎么了?孔红轻轻叹口气说:"柯达约我这个周五去学校对面的大山上。他说那山上的马蹄花到处都是,紫色的,特别漂亮。他说他要为我摘一大把。其实我喜欢柯达很久了,可是他一直都没有正眼看过我。现在忽然约我,我有些不知所措啊。"

我说:"对面的山上有好几种花呢,柯达啥时候喜欢马蹄花了?再说我觉得你比那马蹄花好看多了。"

说完我又觉得我说这句话等于没有说一样。

孔红不语,我们就那么在小雨里坐着。诗集被她紧紧地抱在怀里。

(写到此处,我静静地坐了很久,也抽了一根烟。我想,那快乐得像个小燕子的孔红,她所有的快乐都是从那时候慢慢被"夺走"了吧。我写孔红的时候是伤心的,回忆也是有些痛楚的,但痛楚是好事。它让我一直记得那些跳动的记忆,犹如记着初心。——作者的话。)

我因为要参加学校的小小说比赛,一直忙着写小小说,忙着到处借书，每天看书，写青涩的诗歌，写带着忧伤的小小说和诗歌。有时候我会把写好的诗歌拿给我的同桌看，我同桌常常皱着眉头对我说"能不能不出现错别字"。我同桌是个特别严肃的人，他真的不帅气，卷帘脸，可是他的名字却叫"世俊"。有的时候他也会被同学开玩笑，说"世俊的名字太漂亮了，所以人才会那么丑"。我同桌也不生气，他总是低头写字。他的字写得极好，俊美、潇洒，我无数次地羡慕同桌的字。到现在为止，我写的很多散文之类的，我同桌看到后，都会给我一个感叹号。我便知道，又有错别字了，于是会马上改过来。其实一直很感谢同桌，他让我时刻保持着清醒。

那段时间很少见孔红，我也不知道她在忙什么？杨雨她们忙着排练节目，整天腰里系着红色的丝巾，手里拿着扇子，跳着《珊瑚颂》。教她们舞蹈的老师是位漂亮的女老师，她姓鲁。我记忆中最深的是鲁老师喜欢戴一顶暗红色的帽子，后来我看梁朝伟和汤唯的《色戒》，我常常想起鲁老师的帽子。那顶帽子在学校里是一道风景，我觉得帽子是优雅的象征。鲁老师的钢琴也弹得特别好，那时候学校里没有像样的钢琴，唯   台也是木钢琴，声音老旧。像学校墙疙瘩里的那支老钟，但鲁老师每次都弹得那么起劲。鲁老师弹钢琴的时候，我就觉得她像是给自己的"情人"诉说衷肠，温柔且绵长。她老公是我们学校的教导主任，人很帅气。我们常常从教室的玻璃窗看鲁老师和她老公，一个人弹钢琴，一个人吹笛子。那个画面印在我的脑海里很多年，他们一直都是我们公认的"神仙眷侣"。

周四早上，我去校门口门卫那里看看有没有我的信。那些年，笔友有好几个，写信成了我们那个年代的一种"时尚"。如果一个礼拜能收到千里之外笔友寄来带着那种淡淡栀子花香味的信，心里便能开心好几天。我又去学校外面的小卖部一遍又一遍地选信纸，带梅花的、栀子花的、杏花的……拥有几张好看的信纸，是件幸福的事情，再用文字做装扮，就觉得那么完美。

有一封我的信，是来自遥远的临夏的。笔友是一位回族，是一名高中生，我们是从《少年文史报·小读者交友》栏目开始通信的。通信一年多，那时候觉得临夏是个很遥远的地方，回族也是很"遥远"的民族。但我的后半生居然和临夏永远地连在一起，当然我老公不是回族，我来临夏与那位笔友也没有一丁点儿的关系，但是，命运却将我安排到了这里。我拿着信，没有拆开。我想拿回教室，坐下来安静地读笔友寄来的带着香味的信。回头的时候看见了孔红，我一怔，好几天没有看见她了。我问她："看见马蹄花了吗？"孔红看了我一眼说："看见了，紫红色，一大片一大片的，那边山上很多。"孔红欢快地对我说。

"他给你摘了一大把？"我问。

"去那边小树林吧。"孔红没有回答我的问题。

坐小树林边，我问孔红，柯达是不是说很喜欢你？

"你怎么知道？他说无论我以后变成什么样子，他都会一直喜欢我。无论清贫或富贵，无论健康或残疾，他都会一直陪在我身边的,你说他会做到吗?"

我许久没有作声,走的时候我说:"孔红,再别看琼瑶小说了。"

孔红蹦蹦跳跳地从小树林那边走出来。"知道了,我下午请假和同学回一趟家。我回来给你带好吃的,顺便给你带一盒白米饭和土豆丝哦。"孔红开心地朝我喊道。

我想那是我最后一次看见孔红走路的样子。

(写到这里,我心有点隐隐地疼。外面下着雨,汽车从水里滑过的声音此起彼伏,从开着的窗户传进来,我呆呆地望着电脑屏幕。想着孔红的遭遇,时隔这么多年,再把这些写出来,如果孔红看到,她会不会骂我是个无耻的人?

以前,我偶尔也会抽一根烟,特别是半夜有灵感的时候,但是写孔红的时候,我常常停下来,要么发呆,要么抽烟。发呆和抽烟,不是因为没有灵感,我写孔红,不需要灵感,不需要"花枝招展"的词句。就像夕阳,从来不涂任何颜色,却有想要的任何颜色。

此时,夜已深,街上行人寥寥,一两个店铺灯光透亮。雨还在下,水波倒映楼宇,偶尔的车辆碾压过去,一片水花,霓虹破碎,又被波纹缝合。如果往事也能缝合,那么,这些文字大概会不断地开出花来——作者的话。)

下午最后一节课下课，我和同学们走出教室，看看校门口有个女生慌慌张张地跑进来，走近一看是王莲。她满身是土，双手有血。她不停地颤抖着，脸色没有一丝血色。我们也吓愣了，一时不知所措，杨雨一下子跳出来说："王莲，你不是和孔红一起回家了吗？怎么了啊。"

"不、好了，大车、孔红、腿、腿、不行了，孔红……"王莲语无伦次地说着。

刚好孔红班主任经过看到，扔掉手里的书，撒腿往校门口跑去。我和杨雨反应过来也飞快地跟着跑出去，500米、400米、100米，那一段路感觉有几千米长。

孔红躺在血泊中，脸色惨白，那套山茶红的西装在夕阳下，血和泥土将它原来的颜色盖住，那么刺眼。大米饭和土豆丝撒了一地，混合着沙子和土，还有孔红的鲜血，刺着我们的眼睛。杨雨颤抖着问我："孔红为什么不动，她为什么不动。"我在人群里找柯达的身影，我找了好几遍都没有他的身影。孔红躺在地上还在等救援的车，那久远的年代啊，我们那里连救护车都没有。司机也吓得不知所措，不知道是校长还是教导主任，找来了一辆车，把孔红送到了县医院。我们没办法一起跟着去，只能在心里一遍又一遍地祈祷孔红没事。县城离学校一百公里路，没有电话，我们无法知道孔红到底怎么样了，只能等老师带回来消息。那四五天，像四五年一样漫长，眼睛在课本上，心却煎熬着，什么心情都没有了。杨雨停止了跳舞，把腰上的红丝带塞进课桌里，总是发呆。我也没有心思再去写任何东西，偶尔和杨雨、婷婷她们坐在教室后门看着我们一起在操场上种的白杨树。那时候孔红还说这白杨树长大了，我们也就长大了。

煎熬的日子过了大概五六天，上课的时候我总是走神，想起孔红以前说让我给她写一首诗，写一首她心里的诗。我想她大概是想写一首表达她内心的诗歌，然后送给柯达。我在数学课上写诗，想写一首孔红内心的诗。我讨厌极了数学，我的数学考试成绩总在"生死边缘"上徘徊着。我也常常在语文老师将我的作文当成典范读给大家的时候，下一秒被数学老师狠狠地批评着。上演"冰火两重天"的时候，孔红和杨雨她们就给我带好吃的。数学老师对我们说"数学学不好的人，一般都比较笨"，于是，"笨"这个定义从那时候就按在了自己身上。

  我是……
  我是一株兰花草
  长在你每天仰望的地方
  你总说要来见我
  隔着一堵墙
  隔着一条马路
  隔着带了味道的空气
  和一条不可逾越的暗河。

我带给你所有春天的消息
希望你在不断溜走的风中来看我
终于，你在我翘首期盼中来了
你说我是马蹄花
你说你喜欢马蹄花
于是，我剥开空荡荡的肺腑
放进你带来的所有的风风雨雨
我在枯萎
你却走了
留我一个人在枯萎中
独自咽下这所有的风霜

写完这首诗，有一滴泪落在方格本上，我在想此时的孔红是不是在万般痛苦下最想见的人是柯达？我睡着了，在给孔红写好的这首诗上。

醒来的时候，杨雨说孔红的班主任回来了，孔红被她父亲转到兰大二院治疗，但情况还是不乐观。孔红腰部以下都瘫痪了，孔红妈妈哭着给医生下跪："救救孩子吧，她才16岁啊，不能让她后半辈子一直都下不了床啊。"医生也尽了最大的努力，还是没有改变孔红的双腿。撞伤孔红的司机在交了两次医药费后，再也没有去过医院。不管是谁的责任，他说他倾家荡产也就那些钱，再也无力支付任何费用，剩下的也就是烂命一条。如果他们家要，随时拿去……

孔红家的条件，在当时算得上数一数二的万元户，可是面对孔红高昂的医疗费用，还是不够。三个月以后，孔红的父母还是把孔红接回了家。医生说现在也只能在家里休养，也许，可能有一天双腿会有知觉。但是需要每天按摩，不要让腿的骨头坏死，这样才有一点点的希望。（是只有"也许"的那种可能。）

孔红班的很多同学都去看孔红了，但是柯达没有去。杨雨也去了，她回来的时候对我说："孔红出事的前一天，她和柯达去学校对面的那座大山了，柯达说喜欢孔红。"孔红问："如果有一天我缺胳膊少腿了，你还会喜欢我吗？"柯达说无论她变成什么样子，他一辈子都会守护着孔红，不离不弃。杨雨向地上啐了一口说："他居然再也没有去看过孔红，连一封信都没有带给她，畜生不如的东西。"

我坐在那棵白杨树下，那棵树好像长高了一点点。杨雨他们去看孔红的时候，我也没有去，我怕！那天的场景在脑海里挥之不去，白米饭被血染红了，孔红躺在土和血堆里……我总幻想着孔红忽然就站起来了，然后来学校，穿着她那套夕阳红的西装，简·爱式的头发在风中扬起。我无法直视她躺在炕上的样子，我不能在无法塞住耳朵的情况下听她的家人说这辈子她再也不能下地走路了，连双拐都用不着……不能面对这种残忍，一个活生生的人，一个活蹦乱跳的人啊！

但是，我让杨雨把那首诗带给了孔红。杨雨说孔红看完后放到她的枕头下面，杨雨骂我说："你那破诗给的不是时候。"我说我知道，然后杨雨哭了，我也哭了。

快到秋天了，白杨树还在那里，微风还在吹。校门口传达室里的那个男老师，不知道是40岁还是50岁了，喝醉酒了还是会有意无意地去摸女同学的屁股。没有同学敢说，那个封建的年代，揭发龌龊的人比龌龊的人更让人鄙视。所以，那个老男人继续以体育老师和传达室管理人的名义继续龌龊地生活着。他的一儿一女也在我们学校，儿女们却长得相当俊朗，怎么看都不像从那个龌龊身体里流出来的基因。我常想象着在某个风高月黑的时候，那个老男人会忽然喝酒掉进学校后面的粪坑里。但是多年以后知道他中风一年后去世，我的那份怨恨好像也和他一起埋进了土里。

最后一学期快结束的时候，我和杨雨、婷婷、晓平、进龙，还有达刚、林刚一起去了学校对面的山上。我们买了几瓶汽水、几包瓜子，山上的马蹄花没有之前那么多了。我们坐在最高的山上，看见学校只有很小的一点。山风吹得我们的头发都乱了，我们畅谈着毕业以后的理想。杨雨说她要上师范，以后当个老师。这个理想好像也无可厚非的，她爸爸是老师，孩子自然当老师最好。婷婷说她会继续念高中，以后考个舞蹈老师。婷婷的身材如果当舞蹈老师，那是再好不过了。晓平说她想学护士，以后当一名护士。石晓平在我们几个里面心是最细心的，个子也是最高的一个。李进龙说以后就继承他爸的那个百货商店。林刚说他要去当兵。达刚没有说理想,他说走一步看一步,没想那么多。

唯独少了孔红,我们谁也没有提,不是忘记,总觉得不提会记得更牢。那年的整个夏天,我的心都像乱飞的麻雀,没有方向,无法安定。我没有说自己的理想,理想再大,大不过现实。

那天,我们在最高的山上,喝完了所有的饮料,吃完了所有的瓜子,唱完了所有在学校里学过的歌。

八月,庄稼收了一半,我的胳膊被晒得焦黑。每天凌晨五点多,我哥便站在院子中间喊:"起床了,拔麦子去了。趁太阳还在睡觉,我们得多拔两亩地。"天啊,我那时候讨厌极了我哥的声音。我哥每年夏天的早上站在院子里,"赶时间"的喊声一直延续到我侄子大学毕业有了工作。我那时候常觉得他和"周扒皮"有得一拼,唯一的区分就是我哥没有"周扒皮"那么富有,但是当时我们家的地比"周扒皮"的多,一百多亩地。不是水地,是沙石地,靠天吃饭的那种。如果雨水下得及时,那么那年的收成就是大丰收,如果没有雨水,一百多亩地却也只能过着青黄不接的日子。那些年,麦子长到15寸的时候,正需要雨水,可是老天年年像忘记了一样,愣是多半个月不"哭"一次。我记得我爷爷、我爹和村里的老人们去庙里求雨,点香、跪拜、呐喊,希望能感动老天,给那些快渴死的麦苗们给点雨水。但常常不尽如人意,日复一日,年复一年。洗完锅的水都不敢倒,留下来喂给羊、猪、鸡。

八月十七那晚,我躺在麦场上的麦堆里,看着月亮。村庄的四周都是山，月亮明晃晃地照在麦秆上，连绵不断的山丘发出幽暗的光把麦场包围着。我家的大花狗虎子守在我身边，村庄里的狗偶尔叫几声。虎子望望我想叫又没有发声，那只忠心的狗怕吵到我。我嘴里嚼着一根麦草，又想起孔红，这几个月偶尔听见她的消息：他爸爸卖掉了那辆小私家车，后来又卖掉了厂子里的大卡车。他爸爸一直和撞伤孔红的司机打官司，但都没有结果，而孔红治疗的费用都是她家自己掏。孔红爸妈之前都是特别精致的人，孔红出事之后不到半年，她爸妈都一下子苍老了很多。孔红妹妹孔莲像忽然长大了一样，帮她妈妈照顾着姐姐。孔红的弟弟孔明，那个胖胖的，很阳光的男孩，在姐姐出事之后变得少言寡语，整个家一下子变得支离破碎。我不能去想孔红正在经历那样的痛苦，我一想起来心里就难受。我拍拍虎子的头对它说："虎子，孔红会好起来的对不对？她会和以前一样，蹦蹦跳跳地和我们一起上学的对不对？"虎子像能听懂我说的话，呜呜了两声，又摇摇尾巴。但我始终没有勇气去看孔红，她夕阳红的西装和掺了血的米饭一直在我的脑海里"翻江倒海"地重复着。那天到学校对面的山上，杨雨他们都有自己的理想，我没有说。达刚说边走边看，可我连边走边看的想法都没有。

在八月末，麦场上的粮食被装进了粮仓里。那年收成算不上好，油菜籽还可以，我妈说吃一年的清油没问题。杨雨骑着她爸给她买的新自行车来我家了，她说要去上'小中专'了。婷婷上高中了，林刚去当兵了，达刚不念了，李进龙现在已经在他爸开的百货商店上班了。我说挺好的,都按自己的理想重新上路了。杨雨问我:"你呢?"

我没有回答。

"不然复读一年吧,考'小中专'吧,毕业后也当一位老师,语文老师。"杨雨说。

我还是没有回答,其实是不知道怎么回答。他们几个都在一个镇上,条件都不错,但我不一样。那时正赶上计划生育,我哥生完老二侄女,和我嫂子就开始东藏西躲。收麦子的时候我嫂子都不敢回家,那时候我嫂子已经又有身孕了。怕大队的调查,没办法就把老二侄女悄悄地寄养在我三姨家。那段日子,计划生育大队的人一来我们村,就让人窒息。家里的鸡、鸡蛋、清油都被我妈挨个用来做打点,就剩粮仓里的粮食没有被他们全部抬走。后来又托一个远房亲戚的同事的老婆的表哥,给我嫂子开了一张"未孕"的单子,家里暂时安静了好长时间。但是十月底,我嫂子生了,还是个女娃,她成了我的老三侄女。家里像天塌了一样,暂时什么都顾不上了。关于能不能上学,放到那会儿,就是

件特别小的事情了,提都不值得再提了。我们全部的重心都放在老三侄女身上,又是一个女娃该怎么办?我哥蹲在门口的草垛边,一根又一根地抽烟。我妈抱着老三侄女不断地抹眼泪,看着躺在炕上的嫂子,我妈心痛地说:"受了这么多的罪,我娃命不好啊,没有生个男孩子。以后在村里,你们也抬不起头啊。"我爹抽完最后一根旱烟,狠狠地跺了一下脚说:"不行,把老三送人

吧，咱家不能断后。"我嫂子听完，头蒙进被子，没有声音，整个被子却都在颤抖着。

（写到这里，我心里很难过。今夜大雨，我想起侄女被那家人抱走的那天夜里，也是大雨。我妈连夜给孩子做了新被褥，碎花的棉袄裹着只有七天的侄女。那个决定，我母亲内疚了大半辈子。从老三侄女被抱走后，我妈开始吃素，每天三炷香。我妈说她在赎罪，也希望老天保佑侄女健康成长——作者的话。）

收到杨雨从学校寄来的信时，我在景泰农场打工。农场很大，晚上的时候，黑黝黝的、无边无际的一片。我在农场的土房子里，晚上常常看书或听旁边房子里的一个男生吹笛子，笛声悠长而哀怨。男生有的时候会坐在田埂上，月光照着他半边脸，很俊朗，年龄如我般大，也如我般沉默。对视一眼，我们便知道，我们都是肺腑里装满了愁苦的孩子。

杨雨在信里说了很多关于学校的事情：学校很大，学校的钢琴老师是个很帅气的男老师；有个很阳光的男孩子总是给她买雪糕；她已经不跳《珊瑚颂》了，她更喜欢看那个男老师弹钢琴。最后她又问："孔红怎么样了？"

孔红怎么样了？自从回到家，三平方米大的炕成了她唯一的世界。睡觉、吃饭、上厕所，她母亲都寸步不离地守在孔红身边。炕上原来放的剪刀、针线,甚至连粗瓷碗都不见一个。孔红吃饭用的碗换成了不锈钢的碗,连筷子都很少用。她妈妈每顿饭都喂她,孔红吃得极少,瘦得不成样子。她躺在炕上,盖着被子,只能看见头,那头乌黑的头发剪成了寸头。难熬的从来都不是去医院那些天的疼痛,而是回家后日复一日地躺在炕上等奇迹发生的日子。

渐渐地,孔红便知道,医生所说的"有可能恢复知觉"是一句安慰的话。她放弃了等待奇迹的机会,拒绝她妈妈每天帮她按摩,拒绝亲朋好友来看望她,拒绝听弟弟、妹妹说学校的事情,拒绝提起曾经的点点滴滴,甚至拒绝进食。她用手掐烂了没有知觉的大腿,她母亲急得一夜白了半边头发,哭着说:"如果你这样自暴自弃,那我跟你一起去死算了,我也不想活了。"那次,孔红和她妈妈抱在一起哭了一夜。第二天早上,当一束太阳光照射进来的时候,孔红觉得自己的世界像经历了一个世纪一样长。她母亲给她熬的小米稀饭,她开始一勺一勺地往自己嘴里送,慢慢地她开始问她母亲官司打得怎么样了?胜算的可能性多大?她开始问她父亲厂里怎么样了?她开始不掐没有知觉的大腿,她开始听弟弟、妹妹讲外面的故事,她开始和村里纳鞋底的年轻媳妇聊刺绣的针脚怎么走好看,她开始对隔壁受不了委屈的妹妹说生活已经这样坏了,不可能再坏了……这是1996年。

2004年,我离开农场就去兰州打工了。我洗过盘子,摆过地摊,当过保姆,也当过收银员。我白天上班,晚上抽时间学习。为了省一块钱,我舍不得坐公交车,早起一个小时,跑步去上班。最窘迫的时候,我一天吃一块钱的馒头,那种一块钱七个的夹心小馒头。日子虽苦,可我从来都没有觉得苦过,交完学费、吃完饭后能省出来的钱我就寄给家里。那时候我家还没有电话,我一个月打一次电话,打到我们村上一个叔叔家。他家安装了电话,我每次打过去,我妈就守在电话旁。因为说好了日子,我妈宁愿错过吃饭也不会错过我的电话。我给我妈说:"我一切都好,这边吃得也好,老板人也好。等年底了,我给咱们家也安装一台电话。"我妈听着听着就哭了,哽咽着对我说:"你照顾好自己,年底能平平安安地回来就好……"

杨雨毕业后就在老家当了一名老师,但是两三年我们没有见过面。在兰州我见过石晓平,曾经在学校我们关系那么好,再遇见,都觉得很陌生,像那种隔了一个世界的陌生。我们偶尔也聊天,可是总觉得好像是特意找话题。她原本是想当护士,可也没有如愿,和我一样早早地步入社会打工了。

还见过兰儿。和兰儿相遇的时候,我正在一个小面馆里满头大汗地切菜炒面。那会儿正是中午,吃饭的人很多。兰儿穿得很时髦,大波浪的头发,皮肤皙白,穿一件黑呢子大衣。兰儿上学的时候就是美人胚子,如今,更是美得不敢正视她。我穿的是我妈做的布鞋,衣服是老板从夜市上买来的人造革的皮衣。我一天到晚干活,这衣服刚好,不用天天洗。我和兰儿简单地问候几句,我不愿意再多说什么,能说什么?我恨不得找个老鼠洞钻进去，兰儿也简单地和她的同事介绍了我几句，她们就开始吃饭。但我清楚，比起自尊，活着更重要。

给家里安了电话的第二年，我开始学习计算机，白天上班（那时候我是一家酒店的收银员），晚上去夜校学习计算机。一年后我辞去酒店工作，去了一家广告公司上班，学的电脑，刚好用上。

那年杨雨结婚了，老公是和她一起在靖远师范上过学的同学。杨雨一直是个感性的人，她相信爱情，可以是那种爱得轰轰烈烈的人，但是她老公是个很木讷的男人，不知道他们怎么走到一起的？后来，杨雨生了一个儿子后发现，她老公完全不适合当个称职的老公。他不帮杨雨带孩子，不做家务，不关心杨雨产后的忧郁。重要的还是，他没有一点上进心，还牢骚满腹。结婚两年，杨雨结束了这段婚姻。男方不要孩子，杨雨一个人抚养孩子。还好有他爸爸妈妈一直照顾她，所以孩子并没有因为离开爸爸而缺少爱。

杨雨是个很单纯的女人，虽然离婚了，但是她还是对生活和爱情充满着热情。她说她依然相信爱情，相信某个人在某个地方。

达刚在兰州做水产生意，听说钱赚了很多。当初他说没有什么打算，走一步看一步，结果他是我们几个赚钱最多的一个。

林刚去当兵了，起初大家都很羡慕，觉得他将来一定很有出息。村上的人敲锣打鼓地送他去军营，很长一段时间，曾经我们班的好几个女生都给他写信。但是复员以后，林刚完全变了一个人。他打着当兵的旗号,到处和熟人骗钱,亲戚、朋友、同学、战友能借的他都借。可笑的是大家居然都借给他,因为大家的心目中,林刚一直是个不错的孩子。他也借了我500元,后来我回家不经意和父母说起林刚,我爹说欠债还钱天经地义,赶明儿我去他家要钱。500元可不是小数字。第二天我爹骑车去他家要钱,回来时一句话不说,坐院子里抽烟。我以为是林刚耍赖不给,把我爹气成这样了。

吃晚饭的时候我爹对我说:"钱咱不要了。"

我问:"为啥?"

我爹说:"林刚那王八羔子不在家,他爹妈把家里的所有的羊和值钱的东西都卖了,给林刚还债呢。他欠得太多了,那老两口家里现在连吃饭都成问题了,还要啥?生了那么个畜生,唉,那父母还有啥盼头?"

我那天忽然觉得,我爹看我和我哥的眼神都温柔了很多。我爹大概拿我们与林刚做比较,觉得他的儿女都是个孝顺的娃娃。没有多大本事,至少没有给他老人家捅娄子。

林刚的撞骗"横行霸道"地撒了一路,骗过的都是亲戚朋友、同学和战友。大家很气愤,可是去他家要钱,永远找不到他的人。家里的老人守着"一贫如洗"的家,弯曲的背影、唯唯诺诺的样子,还有一看见有人进去就说:"是不是我的儿欠你的钱了?你们找不到他,我们也找不到,但是账我们认,只要我们老两口不死,你们的钱我们一分一分地还……"还能说什么,那份气愤也在见到两个老人的时候，慢慢地消失了。

那次回家，我在家待了两天，但是一直在纠结，要不要去见孔红？我不得不承认，我一直不敢见孔红。血和白米饭在我的心里刻了太深的印，又像一把刀一样，时不时地把我心里的那个"愧疚"硬挑起来，隐隐约约地疼。

那个下午，我慢慢地从干了的河坝走过去。快到孔红家的时候，我在一条砂坝上坐了很久。望着她家门的方向，看见她家烟囱里的烟在晚风中胡乱地飞舞。我给曾经的同桌打了电话（他和孔红在一个村），问他有没有回老家？他说正好在老家，世俊急急忙忙地跑出来："不去看孔红？"

"她好吗？"我问。

"怎么说呢，她是个坚强的女孩子，是我见过最坚强的女孩子。"世俊点了根烟，夕阳开始往天的那边一点点挪。

"孔红的爸爸去世了。她家之前为了孔红，欠了很多债，因为官司也一直打不赢，那个司机赔了点钱后再也找不到人。孔红的弟弟孔明也结婚了。孔红是个倔强的女孩，她不愿意弟媳妇因为她和弟弟吵架，也不愿意别人说她是个拖油瓶，弟媳妇一进门就得伺候她这个下半身瘫痪的姐姐。于是，孔明和她妈妈在她家对面的一块空地上，给孔红盖了一间小房子，还盘了炕，地下放了一排货架。朋友们帮孔红进了些生活日用品，村里谁需要什么，进去自己拿，然后再把钱放到孔红的炕上。孔红用一个笔记本，每天记录着进出的账，也有村民赊账的，一个礼拜结一次。

孔红现在也开朗了很多,她也看书。"

世俊望着天边最后一道微红的云,长长地舒了一口气。我没有打断他,他能说这些给我听,我知道他是了解我的。

"村上去外地打工或者上班的年轻人,过节回家的时候,总会约到一起去孔红的小卖部打打牌。牌啊、烟啊、啤酒啊,都从孔红的小卖部拿。这样既陪伴了孔红,又让她有更多一点收入,村里的人都那么善良。"世俊说。

"孔红……她也没打算结婚啊。"我自言自语地说了一句。

世俊望了我一眼,又点了一根烟。

"也有人提亲呢,对方不是家庭条件太差,就是对方也是残疾人。孔红妈妈也不放心把孔红嫁到别人家,她怕孔红受罪。孔红自己也不愿意嫁,她说她这个样子不愿意去拖累别人。后来弟媳妇生了孩子,家里忙的时候,会把睡着的孩子放到孔红的炕上,让孔红照看着孩子。有的时候,她收入好的时候,还给弟弟的孩子买奶粉。但是弟媳妇还是有时候会唠叨,觉得家里有个不能下床的人是个累赘。"

我的脑海里,出现了柯达的影子,不知道他是否还记得那个长得像简·爱的女孩子?不知道他是否在夜深人静的时候会想起他曾经说过无论生死、无论孔红变成什么样子,他都会陪在她身边?

夜的颜色开始加重,世俊说要送我回去。我说也就20分钟的路程,我从大路上走回去,但是世俊执意要送。他说上学的时候虽然和你是同桌，但是我很少和你说话，现在想起来，总觉得我们的青春里少了很多快乐和青春该有的样子。

"你怎么样，现在？"世俊问我。

"就那样，跟着日子走，清晨黄昏。"我回。

世俊再没有多问，这么多年了，我觉得我的同桌还是很懂我的。他懂我的言外之意，也懂我的欲言又止。

我们安静地走着，天的颜色更黑了。旁边有一群什么鸟飞过，我也不知道是不是乌鸦，反正肯定不会是喜鹊。公路旁边的草被风吹得东倒西歪，我想起我的老家，一年四季一过下午就刮风，尤其晚上，山里的风吼叫得让人脊背发麻。像从安睡在山谷里的坟堆里传出来的声音，但我不怕，经历了那么多，活着都不怕，还怕那些？

2008年，是个特别难忘的一年。

但是，留在心里永远都不抹不去的伤痛是5月12日的汶川大地震。汶川地震是中华人民共和国成立以来破坏力最大的地震，也是唐山大地震后伤亡最严重的一次地震。它也成了我们心中永远的痛。那年还没有抖音和快手，也没有智能手机，所有的消息都来自新闻报道。每天的新闻报道都让心一遍又一遍地加沉，泪水湿了一次又一次。震区的画面一次次地冲击着人们的心，一时间四面八方的支援者络绎不绝地拥向灾区：步行的、骑自行车、开车的、开手扶拖拉机的，人们结伴而行，向受灾地区尽自己的绵薄之力。

那年我还在兰州，但是自己已经开了一家广告店。去给客户送材料的路上，我给杨雨打了电话，她正在老家给孩子们上课。说那节课是体育，她和孩子都在操场做游戏。挂完电话大概五六分钟后，我开始晕，站立不稳。我看见路中间的红绿灯架左右摇摆，电线杆也在摇晃，心也跳得极快。我当时第一反应是，觉得自己忽然得了急病才有这种反应。但是持续一两分钟后，我发现马路上的人开始乱跑。对面小区的人从楼上冲下来，跑出小区，一阵杂乱，才发现是地震了。我想给儿子学校的老师打电话，因为儿子在幼儿园，在西固，我在东部这边，离得比较远。我们一周见一次，当时反应过来就担心儿子，但是电话打不通。两个小时以后才接通老师打来的电话，说孩子们都没事，怕我们担心，通信恢复了第一时间给我们报个平安。

我们看新闻后才知道汶川地震震中烈度11度，涉及的地方：甘肃、陕西、宁夏、天津、青海、北京、山西、山东、河北、河南、安徽、湖北、湖南、重庆、贵州、云南、内蒙古、广西、广东、海南、西藏、江苏、上海、浙江、辽宁、福建等全国多个省区。

因为信号的原因，我第三天才给家里打了电话。我问老家的情况，我妈说房子摇晃得厉害。屋后的老房子墙裂开了一道缝隙，怕以后不能再住人了。我问我妈老家有没有房屋塌了的人家，我妈说暂时还没有，心里便安稳了一点。

（写到这里，还是很难过。那年的整个夏天都充斥着悲伤和压抑,但在那年的九月,我去看孔红了。我想着地震死了那么多人,而我们还活着,活着的每一天又都觉得那么珍贵。那年我还是长发,我想起孔红从前的头发,微卷,像简·爱,不知道现在是什么样子?那次去见她,所有之前的那些担心和感觉都没有了。我知道我们都活着,就当一个老朋友见面,很平静。我拿了两本书,买了些吃的,我觉得见她就很好很好了,其他的好像都不重要了——作者的话。)

我忽然就那么掀开孔红小房子的门帘,她看了我一眼,没有惊讶,没有过多的表情,微微地一笑:"蔓蔓,你来了。"她叫我的小名叫得那么自然,好像我就是邻家小妹,干完一天的活去她家里唠嗑一样。那年她还躺在炕上,下半身不能动,旁边放着橡皮锤子。她靠在被子上,拿着锤子轻轻地敲打着她那两条细得像竹竿的腿子。她的头发没有变,还是当年的短发,微卷,像简·爱。只是岁月的痕迹印在了脸上,她轻轻地和我聊着,轻轻地拍打着她的腿。我看着她麻秆一样的腿被那个橡皮锤子每殴打一下,心里都跟针扎一样。

"再别打了。"我说。

"习惯了。"医生说这样拍打,也许有一天会有知觉,孔红还是微笑着说。

后面我们聊天的时候不时地有人进来,拿点日用品,把钱放在孔红的炕上。又有几个年轻小伙子进来，坐在地上中间的一张小桌子旁边，开始打牌。

"一盒纸牌，五罐啤酒，两盒烟。"他们朝孔红喊。

"知道了，随便拿。"孔红笑着说。

原本想说很多很多话的我，一个下午都听孔红说着。她说她弟弟的两个孩子，她说自己绣的鞋垫，她说今年物价的高低，她说麦场上的粮食，她还说隔壁的那个又小又瘦的尕媳妇……可她唯独不提她的腿，不提当年撞她的司机，不提官司，也不提柯达。

我心里藏着的那些安慰的话，那些鼓励的话，像个跳梁的小丑，卡在我的嗓子眼，羞涩得再也不敢出来。

从那以后我的心里没有那么多压抑了，我想起孔红，那些苦难都没有让她的笑容消失。她最朴实的笑容里写出了生活真实的答案，任何人的看法和想法其实对别人毫无影响，就像孔红早就释怀了一切，我却还活在曾经的愧疚之中。

十月，杨雨打电话告诉我，她离婚了，带着孩子；达刚去了南方，达刚一直是一个脚踏实地的人；林刚进了局子，因为他和一个钢材老板的女儿谈恋爱，骗了人家女孩父亲30万元，但是杨雨说林刚坐牢还能留条命，总比让人打死好。还有一个同学，我记不清他的名字了，十月份在我们老家的河坝里淹死了。

过年的时候，孔红告诉我，有一天，她的一条腿忽然抽动了那么一下下，我一直以为是她的错觉。

日子一天不停地过着，很多人、很多事情都不断地发生着变化。我们无法停止，无法阻止，无法改变，更无法回到从前。

我在兰州开广告公司的那几年，生意可以，整天忙于工作，跑市场，写的文字很少，但是日记每天都写。那时候有QQ，每日可以记录生活，我那时候就想QQ是个好东西，可以把有些东西都记录下来，成长、心情、体会什么的。但是2012年我的QQ号被人盗走了，再也没有找回来，那些日记也从此消失在我的生活里。

五月，我买了人生第一辆车，用了五个小时开车回了一趟老家。我妈那天晚上担心地在我家炕上坐了半夜。我妈说，她瞅着我熟睡的脸回忆很多我小时候的事情。我没能进大学的门，我妈心里内疚了很多年。她说她对不起我，因为我哥生了三个女孩，为了生一个男孩子，又赶上计划生育，家里一贫如洗，不然我也会和别人一样去上大学。我帮我妈整理了她满头的白发："您啊，就别想那么多了，您看我现在不是过得挺好吗？再说考上大学不一定会有个好工作啊。"我安慰我妈。

"你嫂子去下庄了，说孔红可以扶着墙走路了。"我妈说。

"真的。"我惊呼，我真的不敢相信自己的耳朵。

我急急忙忙起床，来不及吃早饭，我说我要去看看孔红。我妈还在后面喊我，让我把早餐吃了再去，但是我已经发动了车子。我妈的喊声在飞起的尘土里飘荡。

车开到孔红家100米的地方，我熄了火。我在车上调整了自己的呼吸，我怕这样急急地进去会吓着孔红，但又一想，现在能有什么事情可以吓到孔红的吗?

掀起门帘,我看向孔红的炕,没有她的人影,心里有一阵紧张。

"你看什么呢,我在这里。"孔红在新放的一排货架旁喊我。我就那样直直地站在门口,望着货架。孔红慢慢地从货架的那边挪过来,是的,她是走过来的。她很慢很慢,可是她是走过来的,是一步一步走过来的。这个过程像20年,像一个世纪,又像忽然穿越了。

黑色的微喇叭裤里,是孔红的两条腿,但是比之前胖了一点。

"真好,真好,真好……"我不断地重复着这句话。

"你看,医生说得没错,奇迹出现了。"孔红微笑着说。

我和孔红在她小卖铺门前的砂石头坡边坐到黄昏。这中间有人去买东西,自己进去拿上,还是老规矩,把钱放孔红的炕上。广阔的山丘被黄昏包裹在胸前,挺拔的姿态诉说着活着的意义。

孔红说:"我的路才刚刚开始……"

爹和银狐

我爹放了半辈子羊。今年过年，我侄子回家后，将自己的工资放到了我爹和我妈手里。我爹看着比他大了一个头的侄子，忽然就决定要把羊圈里的那些陪了他很久的羊都卖掉。我爹说得很轻松，他说他要休息了，这些羊烦了他一辈子，现在他要把它们都卖给邻村的一家养羊的人。我爹说这些话的时候，没人相信，因为这话我爹说了好多年。

过完年，我们都陆续离开家了。我妈说我们走了以后我爹每天都晒那些药渣，大多数在羊圈喂羊，要不就仔仔细细地晒那些药渣。家里没有多余的草料，冬天的山上也是光秃秃的，所以，我哥从很远的地方拉了一大车废药渣。听说喂羊很好，药渣里的水分太多，我爹怕羊吃了会拉肚子，所以他每天都要把药渣晒干了再喂羊。

正月二十六日，邻村的人来赶羊，他把价格压得很低。一辈子都很爱钱的父亲，这次没有和人家争，只是一个劲地嘱咐对方，一定要好好操心那些羊。我爹给他一遍又一遍地说，哪几只羊快下小羊羔了，哪几只羊拉过肚子要特别照顾，哪几只小羊羔还需要喂奶，还有哪只羊腿受伤了……那人一看我爹那架势，害怕我爹舍不得羊反悔，就赶紧打开羊圈，把羊群往外赶。我爹站在羊圈门口，每出一个羊，他都会在羊身上抚摸一下，像做最后的告别。百十来只羊，我爹就那么一个一个地抚摸过去。我妈看不下去了，执意留了六只羊。我妈说我爹放了半辈子羊，忽然就这么全卖掉，怕我爹受不了，留几个念想。邻村赶羊的人知道我爹放了半辈子羊，和羊也有感情了，于是主动让我爹挑几个好羊留下。我爹开心得像个孩子一样挑了两只山羊、两只绵羊、两只小羊羔……我妈看出了我爹的心思，张了张嘴，又什么都没有说。

羊被赶走的那天下午，我爹一个人在羊圈里蹲了半天，他一根接一根地抽他的旱烟棒子。羊圈里的每一块土块他都看了一遍，那六只羊在空旷的羊圈里来回走动，不时地过来用头蹭一下我爹的手。那样子好像安慰我爹："别失落，还有我们陪着你呢。"

我哥给我侄子打电话说家里的羊卖掉了，我侄子下午五点下班后，给我妈打电话问："爷爷呢？"我妈说："你爷爷还在羊圈呢……"

我侄子就又给我爹打电话："爷，我今年的工资可能还会涨，老板对我很好，爷……现在您不用操心羊了，您就把衣服都换得干干净净的。爷,您要吃好、穿好,不要再发脾气。家里就剩您和我奶奶了,你们要照顾好自己。我已经长大了,您和我奶要好好照顾好自己……"

我爹没有说话,只"嗯"了一声,拿着电话的手有点颤抖,眼里有东西在闪烁。

(我写到这里,也是湿了双眼——作者的话。)

我爹那半日在羊圈,一定回忆了很多很多,也许从他的那匹枣红马开始,也许从他的第一只羊开始,又或许从我家一贫如洗侄子降生的那天开始。烟太短,抽不尽我爹这一生的沧桑,落日太短,照不完我爹这一生的风霜。不,我爹的回忆应该是从我大哥和那只狐狸开始的,又或许更早一些……

1968年,我大哥一岁,我爷爷奶奶就让我爹分家了。一间极小的土房,一脸盆苞谷面,半脸盆黑面,一个锅,一个铁勺子,两个碗,两双筷子,一床被子,被子是我妈的嫁妆。我妈看着鸡圈里的鸡仔,很想抓一只,可又怕我爷爷奶奶骂,只能一步三回头地拿着那些为数不多分家分来的家产和我爹走出我奶奶的院子。我奶奶看着我妈怀里我大哥,又背着我爷爷在大兜衣襟下面藏了两个榛子面的馍馍,偷偷给我妈。

我爹兄妹五个,我爹是老二。当时还有我三叔和小叔没有成家,家里光景也不好,分家能分到那些已经是非常不错了。那间土房子是在村边的山脚下，具体是谁留下来的记不清楚了。周围长满了芨芨草，我妈把我大哥放在竹子编的簸箕里。她收拾房子里面，我爹拿火柴点着房子周边的芨芨草。烧完后打扫干净，也算有了一个有点模样的家。那是九月末，天气开始变冷了，家里没有炉子，我爹就用我妈从山上捡来的石块垒了一个炉子。我妈开始每天背着我大哥去屋后的山上捡羊粪蛋，在屋后面堆了一大堆。我爹去山里拔芨芨草，把干了的芨芨草铺在屋顶。屋顶有两个漏风的窟窿，我爹想要赶在的十月风雪来临的时候，把房子弄暖和一点儿。那些芨芨草铺在屋顶，夜里一阵西北风，全从屋顶飞到四面八方了。我爹一看不行，石块压不住那些芨芨草，我爹又开始从屋后山坡上挖土。屋后的山坡上是黑土，黑土的黏性比黄土的重，又比黄土节约水。水在当时也是很珍贵的，四个村子就用一口泉水。泉眼像两个碗口那么大，家里吃的水也要去四个村子中间的那个山脚下挑。我爹从村里我堂二爷家借来扁担和水桶，挑来水，和了那些黑土，和芨芨草一起砌在屋顶上，屋里一下子暖和多了。二爷来我家，在屋里转了一圈，就去他家用架子车拉来一口水缸。二奶奶还让二爷带来了两小碗小黄米。二爷对我爹说："富平，苦日子总会过去的，只要有双手，就能创造出很多东西的，慢慢来。水桶和扁担你都留着，这水缸也送给你，这样方便些。娃还小，正长身体，不要亏了娃。有什么困难就来找我们，能帮的我们一定帮你们……"分家出来，看着满院子的荒草我妈没哭，看着漏风的窟窿我妈没哭，可是听二爷说这些，我妈哭了。我爹吼我妈："哭啥？树挪死，人挪活，黄土养活了多少辈人，你怕啥？"吼完我妈，我爹也红了眼。

分家得到的苞谷面和黑面撑不了多少日子，我妈捡的羊粪堆满了屋后的墙，过冬取暖够了，可是过冬吃的怎么办？我妈看见我爹用树叶卷的旱烟棒子，在山坡上一坐就是半天，知道我爹为吃的也发愁，就把我大哥托付给我二奶奶。我妈凌晨四点钟起床，去外婆家，我妈想从外婆家拿点粮食过年。再说我大哥那么小，没有吃的可怎么办？我妈走了差不多五个小时才走到外婆家。我外婆看看我妈干裂得出了血的嘴唇，裤子的膝盖上打了两个大补丁，短头发被风吹得像芨芨草窝，我外婆急急地问："你的大辫子呢？"

"卖了，换吃的了。"我妈喃喃地说。

我外婆啥也再没有说，抹着泪去厨房给我妈拿来五个馒头。我妈狼吞虎咽地吃了一个，第二个拿在手里，舍不得往嘴里送。外婆知我妈还牵心家里我大哥和我爹。

"吃吧，把自己吃饱，我等会儿去你二大家和三大家，也给你要点吃的。你带回去，能过个好年，家里还有一袋子晒干的红薯片，你也带上。这两年的年景都不太好，但大家给你凑凑，总能过个年的……"我妈听我外婆这么说，把第二个馒头掰了一半，把另一半放碗里说："那我走的时候把这馒头也拿上，孩子好久都没有吃过馒头了。"

下午的时候，我外婆和我舅舅推着自行车走进院子里，自行车上驮着两袋子面粉。我外婆说:"兰兰啊,这下可好了,你二大还有三大家都给了半袋子面粉,还有几家亲戚都是这家两碗面,那家两碗面的。虽然都是黑面,但是非常不错了。你看,凑了两袋子呢,这下可好了,你带回去能过个好年。让道海(道海是我舅舅)用自行车给你送回去。"我外婆一边说,一边又给我妈又装了半袋子白面粉和几个馒头,还有那一袋子红薯片,一起绑在自行车前梁和后座上。那天风很大,我舅舅推着自行车在前面走着,我妈跟在自行车后面。我舅舅走到半路对我妈说:"姐,我常常看见那个连长……他常常来家门口转悠,姐……如果你当初嫁给那个连长多好,就不吃这么多苦了。"我舅舅不甘心地说。

"都是命,姐的命就是这样,我不怨任何人。"我妈低着头说。

我妈年轻的时候,真的是个非常漂亮的姑娘,是村里很多小伙子爱慕的对象。其实我外婆家以当时的条件来说,也算得上好点的。我外公的父亲是地主,有很多地,但是新中国成立以后,当地主的外太公也成被批斗的对象,家道中落。外公这辈的生活是靠双手实实在在地打下来的。

村里的驻扎部队,有个连长,路过外公家,看见了正在打水的母亲。母亲那粗黑的辫子,白皙的脸,秋波般的双眼,大概就那么一眼,母亲的身影便住进了那个连长的心里。此后的很长时间里,那个连长有事没事就去我外公门口转悠,时间久了,母亲心里也有了别样的情愫。可在当时,大概唯一能交流的就是彼此的眼神,可母亲还没有等到那个连长来家里提前,就等到了媒婆上门说亲。说亲对象正是我爹,媒婆靠着三寸不烂之舌,让我外公外婆在三个月之内将我妈嫁给了我爹。在那个父母之命、媒妁之言的年代,很多人都做了爱情的牺牲品。母亲那懵懵懂懂的爱情还没来得及生根发芽,就被折断了。母亲在出嫁之前,托人将两双绣花鞋垫送给了那个连长。母亲出嫁那天,那个连长在外公门口的那个大坡上,偷偷地跟在我爹娶我妈的那个大红马架子车后,送了很长的路。从那天开始,我妈也知道,此生他们再无相见之日。后来我也问过我妈,嫁给一贫如洗的我爹,后悔过吗?我妈说:"后悔啥,我有你们,就觉得幸福。"可我还是能从我妈的眼里看出些许的落寞。

我舅舅和我妈回到家已经晚上八点多了,我二奶奶和我爹在门口一直等着,怀里是哭得上气不接下气的我大哥。煤油灯下,我妈擀了一锅白面面条,我舅只吃了半碗,他说他不饿。其实我妈知道,我舅舅是看见一贫如洗的家,吃不下去。第二天大清早,我舅连早饭都没吃就骑车回去了,进门口看见我外婆就哭了。"我大姐分家了,家里啥也没有,一间破房子,还那么小……"我舅舅哽咽着说。

那年冬天没有下雪,前一年本来雨水就不多,基本没有收成。原本就是一个穷巴巴的年份,结果一个冬天没有下雪。开春的时候,土地干裂,开了很大的口子。靠天吃饭的农民,如果土地在冬天没有保留水分,那来年的收成一定好不到哪里去。四月份的时候,还是没有下一点雨,村里的几个老人,一次又一次地去庙里求雨，把所有的希望都寄托到老天爷的头上。可老天那年闭着眼睛装睡，连一点哈喇子都舍不得流。四月中旬，人们等不及了，还是在干裂的土地里种了麦子，但有些没有种，他们怕又是干旱，浪费了粮食。

八月份的时候，颗粒无收。村里来了几个外乡的来讨要吃的，他们在村里转了一圈，半个馒头也没有要到。他们离开村子的时候，村里的狗都没有叫唤的，因为狗都饿得皮包骨了，没有力气叫唤了。山上的渣渣刺都被人们挖完了，渣渣刺的根可以吃。人们开始慌了，年轻一点的都出去讨生活了，老弱病残的都在村里。有一天早上，人们看见麦场上有很多老鼠，还有几只狗，围着一个草垛乱跑乱叫。几个人过去一看，草垛里一个人，是王老汉。王老汉全家就他一个人，早年丧妻，一个女儿四岁的时候也得病死了。他一个人过了十几年，饱一顿饥一顿地过了那么多年。人们看见他的时候，他双眼深陷，骨瘦如柴，他是活活饿死了。饿死也不得安稳，半个身子被老鼠和饿疯了的狗糟蹋得看不成。几个老人实在看不下去，用草扎了个草席，在山后面挖了个坑，把王老汉埋了。

我们家也揭不开锅了，那年到处都好像一样。两个月前，我妈从外婆家讨要来的苞谷面渣也吃完了。我妈生我大哥的时候因为营养不良，常年贫血，加上吃不上，常常晕倒。我爹跟着村里年轻人去外面讨要吃了，可是他们走了一路，一个村比一个村穷。大家不死心，想着总能遇到收成好点的地方吧。不知不觉地走了三四天，我爹他们一直走到了兰州，饿了喝泉水，吃榆树皮、沙枣树皮。走到兰州，我爹第一次看见黄河，也第一次看见那么大的城市。我爹心想这下有救了，我爹心里想着家里我妈和我大哥，就不停地一家一家讨要吃的。只一天时间，我爹就要了一纤维袋子吃的还有两个苹果。那是多稀罕的东西啊，我爹想着让我大哥吃。他来不及休息就往回走。别人都说休息一晚上，再多要点，可我爹惦记我妈和我大哥，要了一袋子吃的，就急急忙忙地往回赶。其他的人本来想看看黄河，看看他们从来都没有见过的大城市，可又担心我爹一个人回去不安全，只能跟着回去。他们说还会来，这个地方太大了，他们还想看看那个在他们眼里雄伟的中山桥（中山桥位于甘肃省兰州市滨河中路，白塔山下，1928年，为了纪念孙中山先生被称为中山桥）。

我爹怀里揣着两个苹果，路上走不动了，就拿出来闻一闻。我大哥没有吃过苹果，我爹一想到我大哥能吃上苹果了，就觉得不累了。他脚下生风似的往回赶，饿了吃讨来的吃的，渴了路边喝泉水或者要点喝的。一纤维袋子吃的，在我爹背上越来越重。肩膀都磨破了，脚上的那双破布鞋，鞋帮和鞋底部分开了，脚趾出来也磨破了。可我爹顾不上这些，他心里着急，可能有些事情发生了，人的心里是有感应的。我爹说，我一路恨不得飞起来，他们一起的和他的距离越来越大了⋯⋯

第三天晚上11点多，我爹终于走到了我们村口。我爹远远看见村子里从别人大窗户透出来的煤油灯的光，一下子瘫坐在村口了。我爹想：终于到家了，他要整理一下自己，不然我妈和我哥看见会难过的。七八天的时间，我爹彻底一个"讨吃"的模样。可我爹不知道的是，他这次出去，成了他一辈子的伤痛。

当我爹看见屋后那小小的坟堆，坟堆里埋着我大哥小小的身躯，我爹一口鲜血喷了出来。在月光下，恐惧无限扩张地洒向我爹四周，还有四周连绵不断的山丘。

二爷和二奶奶也在我们家，我妈躺在我二奶奶的怀里，脸色惨白，骨瘦如柴，双眼空洞如万丈深渊。嘴唇上一层血痂，那是整个脸上唯一的一种颜色，却预示悲恸欲绝。二爷蹲在地上，旱烟的烟雾在夜里一层一层地飘浮着。二爷等我爹缓过气来，才对我爹说："这个吃人的年月啊……富平，你要想开点，你和兰娃（兰娃是我妈的浮名）还年轻，还有机会再生孩子，就当这个孩子和你们缘分短……现在最主要的还是要让兰娃把身体养好，兰娃身体太差了。要不是兰娃晕倒，孩子也不会……唉，也怪我们没有操心好孩子。"二爷自责地说。

我爹那天和村里的年轻人们走后，傍晚，我妈又晕倒了。因为长期营养不良，又加贫血，我妈时常晕倒。以前晕倒我妈缓儿分钟就会醒了，可是这次她晕倒一直到半夜才醒来。醒了找我大哥，到处都找不到，一岁多能去哪里？我妈疯了似的喊我大哥的名字，村上的好多人都听见声音出来帮我妈找。有人说会不会被狐狸叼走了，二爷果断地说："不会是狐狸，这地方确实有狐狸，好像是两只，但是从来都不伤人。大家还是分头去找，女人们去村里麦场上草垛里找,男人们带上火把去周围山上找,山上的地道多,找仔细一点。"

我家屋后全是山,山上有很多地道,都是抗战的时候挖的。抗战胜利后,那些地道也没有处理。后来听老人们说,我家屋后的那几座山上的地道,经常有两只狐狸出没,但是它们没有伤过人。曾经有人想抓狐狸,但是根本抓不住,地道都是通的,有些从东村通到西村,条条都通向四面八方。

后半夜,二爷和几个人看见一只狐狸从一个隐形的地道里出来,可能火把的原因,狐狸飞奔而去。二爷赶紧喊人去那个地道,一看,全愣住了,我大哥就在那个隐形的地道里。地道口左边又有个小坑,我大哥也不知道怎么爬到那个地道里,又掉进了坑里。二爷赶紧将我大哥抱在怀里,一摸,早没有气了。他的脸是黑紫色,脸部扭曲,嘴巴大张着,嘴里面还有羊粪蛋,两个小手里也捏着羊粪蛋。二爷当时就哭了,他说:"这娃一定是饿坏了,才吃羊粪蛋的。娃被羊粪蛋卡住了,活活憋死了。娃脸上有狐狸毛,这就说明狐狸没有伤娃,它可能想着救娃呢。可是,它毕竟不是人啊……"这些都是那晚二爷对我爹说的。

二爷他们回去后,我妈又扑到我大哥坟上,哭得肝肠寸断。我爹怕我妈一时想不开,就紧紧地抱着我妈。直到我妈哭着睡在我爹怀里,我爹才把我妈抱进屋,放炕上,盖上被子。我妈蜷缩着,像一把苤苤草。

然后,我爹一个人又来我大哥坟前。我爹用两只手捧了几捧黄土给我哥坟头盖上,又把从兰州得到的那两个已经蔫了的苹果放我哥坟前:"我的娃,这是爹从兰州带回来的苹果……我的娃啊,是爹对不起你啊。"东方发亮的时候,我爹还在我大哥坟前泣不成声,远处的山头上,一只狐狸向着我大哥坟头一直望着。

后来,我大哥的离去,成了我爹一辈子都不能原谅自己的一个硬伤。

我妈一辈子都很少提我爷爷奶奶,可能那段艰难的日子里,我爷爷奶奶对我爹和我妈不管不顾,又发生我大哥那件事情,我妈心里有怨恨。怨恨久了,就连提都不提了。反倒是二爷二奶奶,我妈常常提起来。家里情况稍微好点的时候,有什么好吃的,我妈总忘不了给二爷二奶奶端过去一碗。

我大哥离世后,我爹常常在山坡上一坐就是一天。二爷有一天给我爹说:"人只要还活着,就得走一天活着的路。不管你怎么想,日子都会从你的眼睛里过去。过去的日子就再也回不来了,有些事情是命中注定的……"

"我就觉得累得很,二爷我是不是太没有本事了,兰兰和娃跟着我就是受罪呢。"我爹对二爷说。

"你咋能这么想呢?你当过几天兵,又在生产队里赶过车,论说你比别人要想得开呢。要不是这两年干旱,大家也不会把日子过成这样啊。富平啊,人要往前看呢。"

"呜呜……"我爹在二爷跟前哭得跟孩子似的。

那年冬天,下了很大的雪,人们的日子开始有盼头了。第二年开春后，人们纷纷开始种地，二爷找到我爹说："富平，今年的光景看来不错呢。后山那边山脚下有两块地，好得很，队长说也开垦了种田呢。我给队长再说说，你继续在队里赶马车，这样多少有些补助，日子好过些。"

"二爷，兰兰又有身孕了，以后多生几个娃，家里吃饭的嘴就多了。如果雨水好的时候，收成也好，收成好了，大家的日子也就好过了。"我爹重复着说。

二爷高兴地说："好事，好事，那我赶紧去问队长去。"有二爷的帮衬，我爹也顺利地当上了队里的赶车夫。赶车夫相对其他的人好点，再说拉运粮食什么的时候，可以偷偷地在袖筒里带一把豆子什么的。我妈身体不好，挣的工分也少，又加上有生育，我爹就拜托我二奶奶多照顾照顾我妈。我爹有的时候回家，会给我妈带一把黑豆。在煤油灯下，炉子上炒熟了让我妈吃，好补补身体。太早还不敢炒，怕炒豆的味道传到别人家。我爹就等大家都睡了，才炒给我妈吃。

年底我二哥快出生的时候，有天晚上，我妈去屋后上厕所，回来给我爹说："我又看见那只狐狸了。"

我爹说："别怕，那只狐狸从来没有伤过人。"

我妈又说："昨晚我还梦见老大娃了……他对我笑呢，还是不会说话。"

我爹："……"

我妈又说："如果这胎也是男娃，咱娃会不会又是多灾多难啊。我害怕得很,最近,老睡不好。"

"你不要胡思乱想了,现在日子虽然不好过,但也不会饿死人了,你要往宽里想呢。"我爹安慰我妈说。

但我爹心里也担心得很。我妈睡着以后,我爹一个人蹲在院子里抽了半宿旱烟。天天蒙蒙亮的时候,我爹在月光下看见了那只狐狸。它站在不远处的一个山顶上,皮毛在月光下泛着灰白的光。它向村子这边望着,我爹又安静地望着它。我爹从来都没有想过它是狐仙什么的,他觉得动物和人一样,只是在这个世界上走一遭,悲欢离合中明白活着的意义。

就这样过的三天,去后山放羊的王老汉,傍晚回来的时候对蹲在路边抽烟的二爷说:"那只狐狸死了,狐皮贼亮,拿回来做个袄子也不错的。"

"怎么死的?"二爷问。

"不知道,看着也没有受伤。我还以为那畜生睡着了,结果过去一看,死了。"王老汉说。

"哦……它的期限到了。"二爷说着背起手回家了。不一会儿,二奶奶就来我家了,就对我爹说:"你二叔说兰兰快生了,让我过来看看。"我爹奇怪地说:"还没有啊,没有动静呢。"我爹刚说完,我妈便从屋里捂着肚子出来了,看到我二奶,我妈就说:"好像要生了,肚子疼得很。"

我爹手里拿着斧头,愣愣地站在那里,嘴里念叨着:"还真的要生了啊。"

"富平，你站着干吗？赶紧去烧热水，再把炕填上，找些干草来。"二奶奶催促着我爹。

子夜时分，我妈生下了一个男孩，就是我二哥。这时候二爷也来了，二爷将我爹叫到屋外说："那只狐狸死了，在北边的山坡上。走，我陪你一起过去，你拿上铁锨，我们找个地方把它埋了。"

"为啥现在去啊？"我爹不解地问。

"你莫问，跟着我走就是了。"二爷说。

我爹朝屋内望了望，拿上铁锨和火把和二爷走了出去。快到山坡的时候二爷又对我爹说："把火把灭了，狐狸害怕火把。"

我爹心里很不解，都死了的狐狸还害怕火把，但是我爹知道，二爷这么说一定有他的道理。

借着月光，二爷和我爹找到了狐狸。二爷让我爹把狐狸抱在怀里，他在前面走，我爹在后面跟着。走到一个山脚下，二爷看看四周，点点头说："对哩，就是这里。"

我爹放下狐狸，开始挖坑，二爷让我爹方方正正地挖60厘米的坑。我爹挖好后，跳出坑，他已经满头大汗了。这时候，二爷从怀里掏出一沓黄纸，一半铺在坑里，一半烧在坑边。

"您的大恩我们记住了，一命换一命，您在这里安息吧。不会有人打扰您的，这段恩怨希望就此结束吧。您好好投胎转世，来生不一定会大富大贵，但一定会一生平安的。"二爷诚恳地对着已经被我爹埋了的狐狸说。

我爹在月光下欲言又止。

三天后，给我二哥喜三。老家有讲究，孩子出生后第三天要给孩子喜三，就是亲戚们来祝福一下，拿点好吃的。年龄大的老人也会给孩子做件衣服，做衣服用的线是从一百个人家讨来的线，叫百家线衣，寓意着孩子被百家人保佑着，会健健康康的。

我妈抱着我二哥对我爹说："我们一定要平平安安地把孩子拉扯大，穷一点儿没关系，只要我们一家人都好好地活着就好。"

傍晚大家都散了以后，二爷和我爹坐在院子里的石头上，二爷说："富平，你知道我为啥让你好好埋了那只狐狸吗？"

我爹一下子从石头上跳起来，蹲在二爷脚下："二叔，我也一直想这个问题呢，为啥？"

二爷往旱烟锅子里装满了土烟渣子，缓缓道："那年，你母亲怀孕快临盆的时候，离村不远处的山里，来了两只狐狸。你父亲和另外一个人去山里放羊的时候，打死了那只狐狸，但是另外一只母狐狸逃跑了。后来一两年都再也没有见过那只怀孕的母狐狸，可是你母亲生下你大哥的时候，不到三岁就死了。你现在的大哥其实是你二哥。村里曾经来过一位道士，他对你爹说过一句话。"

"什么话？"我爹急切地问。

"一命换一命，你们家世代的孩子，第一个如果是男孩子都会夭折的，除非第一胎是女孩子，才能化解这点孽缘。你爹当时不相信那个道士，可是你大哥不到三岁就夭折了。你爹便害怕了，他后来也当了庙官，一心向佛，不再杀生。兰兰生老大的时候，你爹和你妈都没有来，他们是害怕。但是现在兰兰又生了老二，可是不知道为什么，又死了一只狐狸。我希望那个咒语从此再也不来，孩子也能平平安安、健健康康地活着。可我总觉得这孩子的身上还会有一些磨难……"

"所以你让我好好埋了那只狐狸，希望它身上的抱怨少一点。"我爹胆怯地问二爷。

"轮回里的咒语总会随着时间化解的，你也不要太着急，万事都有命数。你和兰兰人善良，希望下辈人再也不会出现这种悲痛的事情。"

此后，我爹有时间就去埋狐狸的地方，放一点吃的，鸡蛋或者他从山里打来的野鸡。直到我二哥三岁后，身体开始逐渐健康，我爹才松了一口气。但我爹后来也接了我爷爷的班，当了一名庙官，虔诚地烧香拜佛。

我爹的半生里，对待畜生比对我们好，无论是那匹枣红马，还是陪伴了他半辈子的羊和狗，我爹对待它们像对待自己的孩子一样。

我哥结婚后，我嫂子生我老大侄女的时候，我爹在院子里蹲了半宿。直到我妈出来说生了一个女孩，我爹才长长地出了一口气。他去庙里，烧香磕头，也许我爹的心里第一胎不是男孩子是最好的结果。我嫂子第四胎才生了我侄子，我妈也开始烧香吃素。我侄子三岁那年从炕上掉下来，刚好我妈把烧红的炉子盖子放地下，我侄子整张脸都扑在烧红的炉子盖子上。我妈疯了似的一把拉起我侄子，我侄子整张脸皮都粘在炉子盖子上，血肉模糊。当时我哥和嫂子都吓得一动不动地站在门口，我爹从羊圈里飞跑出来，抱着我侄子冲出屋内，跪在院子中间大声喊："老天爷啊，我们虔诚了这么多年，你怎么就不放过我们啊……"

村里的赤脚医生闻声赶来，看了看我侄子的脸说："拿酱油瓶子过来，我妈赶紧拿一瓶酱油。"赤脚医生将一瓶酱油全倒在我哥脸上，黑乎乎的一片。两个小时后，我侄子哭声慢慢停止了。赤脚医生嘱咐我妈，用酱油在我在侄子脸上每天涂七八次，一个月后就会好的。

但是，非常神奇，我侄子的脸上后来连一丁点伤疤都没有留下。70岁的二爷爷说，劫难过去了，再也不会有了。20年过去了，我侄子连感冒都很少有，一直平平安安、健健康康的。

月亮挂上树梢的时候，才将我爹从回忆里拉回来。我妈给我爹拿来一件新棉袄，那是我侄子给我爹买的，我妈说："进屋吧，夜里风大。我知道你留下几只羊是想着每年在正月里，到庙上祭奠一只。都过去了，孩子们都平安地长大了，我们现在也该放心了。"

夜里，我爹又梦见了那只银白色的狐狸，它站在山顶上，望向村庄……

五爷

我家门口有一条公路,从土路变成砂石路,又从砂石路变成柏油路。那条公路通了很多地方,一头去兰州新区、飞机场、兰州、临夏等地方,另一头通向景泰、白银、靖远。二三十年了,路线没有改过,以前有几道弯,现在还是几道弯。我家门口的那道弯出过很多事故。从我记事起,我小叔从拉煤车上被司机一铁棒打穿太阳穴;从刘姥姥背着尼龙袋在路边捡了十几年的煤渣,到后来刘姥姥的两个儿子开着三轮车被拉煤的大卡车轧成了"面包",刘姥姥一夜之间失去了两个儿子;大卡车把王老汉的一群羊撞死了一半后,王老汉一病不起,几个月后撒手人寰;华家婶子七岁半唯一的儿子被大卡车卷入车底后,华家婶子差点疯掉;有次回家,准备返回的时候,刚开车出门,就看见一个拉煤车将隔壁叔叔连同他的三轮车一起压得"面目全非"……

村里的老人说,我家门口的那条路邪性太大了,于是村里老人们迷信：找了个道行高的人，是个女的。她说，冤魂太多，一时半会儿她压根镇不住，必须要几天的时间。村里人就好吃好喝地伺候那位高人，希望她给这条路上的冤魂超度念经，让他们得以安息。那位高人连着几天，手里拿着一条甩鞭，甩鞭大概五六米。她抡起胳膊，甩鞭在空中响彻山谷。村里的老人们跟在她的后面，用黄纸铺路，小黄米撒路，白酒祭路，三根香引路。高人的嘴里念念有词，村里老人们也跟着念叨。

就这样三天，高人对村里的老人们说："不行啊，冤魂太多，有些太久，没办法一一安抚。现在还有个办法，就是不知道你们同意不同意？"

"什么办法？"村里五爷问她。

"用黑罐……"她说。

"那不行。"懂点行道的五爷说道。

"虽然有点残忍，但是，如果不镇住他们的魂魄，还会不断地出事故。你们商量商量，是活着的人重要还是死了的人重要。"高人不急不慢地说。

五爷抽着旱烟，没作声，其他几位老人倒是都同意高人的办法。

过了一刻钟，五爷说："不是我不同意，我参曾给我说过，用黑罐，就是将魂魄收入黑罐，埋入十八层地狱，永世不得超生。你们说说谁家愿意将自己亲人的亡魂埋入十八层地狱永世不得超生？"

屋里的人都沉默不语。

那天夜半十分,五爷又去找高人,问她:"还有其他办法吗?"

那高人抽了一根华子,望了望五爷说道:"还有一个办法就是取一大碗净血(净血就是童子血或者一生未婚人的血),将一把桃木剑泡三天三夜,埋入那条路拐弯处南边的山上……"

五爷背着手,默默地在村里转了一圈。

"哪个孩子能抵住抽一大碗血啊。"五爷望着天空的月亮自言自语道。

三天后的午夜,村里人和高人一起将一把桃木剑埋入南边的山坡上。桃木剑被血泡过,在月光下暗红发亮。五爷站在门口,脸色煞白,他的胳膊上缠着白纱布。五爷家门口,村里人悄悄放了好多鸡蛋和两只鸡。

五爷一生未娶妻。

人间柿柿红

雨虹一个人开车到离村上不远的水库旁。她将车停在水库下方，徒步登上水库。这个水库建于两座大山中间，两山之间的距离也不是太大，但水库很深，两座山也高，如果下雨，从山坡上倾泻下来的雨水也可以在水库里多蓄一点。正是深秋，雨虹望着远处山坡上一大片一大片的柿子树，红得映红了整个村子。十年了啊，雨虹想，她来这里整整十年了啊。她下个月就要离开了，离开这个自己曾经一头扎进来的地方。雨虹望向水库，默默地在心里说："姑姑，您看到了吗？现在路上的模样就是您想要的模样，您可以安心了吧。"

30多年前的路正村曾经是个荒凉的地方，雨水很少，土地干裂，一到春耕的时候，村里的老人就坐在山坡上抽旱烟。看着那"躺"在山坡上的地，裂开的口子像毒蛇一样盘在人们的心口上，毒日将那些田地"舔"得越发瘦了。靠天吃饭的人们日复一日地在这样稀疏的日子里过得伤痕累累，青黄不接的年份，填饱肚子便成了人们唯一的奢望。

雨虹的姑姑是一位老师，那年她18岁，花一样的年龄。她初中毕业，粗黑的辫子甩在腰间，穿着淡蓝碎花的衬衣、蓝布裤子和黑色的布鞋。她是临时应聘到学校的老师，镇上唯一的一所学校。学校是小学也是中学，一共才20个学生，8个初中生，12个小学生。学校只有两间教室和两间办公室，没有厕所，也没有学校围墙。孩子们上厕所就跑去学校外面上厕所，高高的芨芨草倒是能将蹲下去的人遮住。孩子们缺书缺本子，更缺老师。学校只有两位老师：一个是校长，一个就是雨虹的姑姑。雨虹的姑姑常常看着孩子们因为没有铅笔，拿树枝在地上写字。大冬天的，小手冻得通红。一个教室还没有门，好心的村民用破布一块一块地封了一个门帘……雨虹的姑姑心里难过得不成样子，虽然她只读完了初中，但是她知道，外面的世界很大，也很精彩。她更知道，孩子们只有念书才可以摆脱贫困的魔爪。

假期的时候，雨虹的姑姑思量再三，她决定出去打工。她要给孩子们买回来一些生活用品，还要去书店给孩子们买些书。她有个同学，毕业后他们一家人都去南方打工了，这几天正好回来了。她就去求她的同学，也带她去南方打工。她对她的同学说，她打工只打一个假期的，因为开学的时候她必须回来，不然孩子们怎么办？

她的朋友上下打量了她一遍，皱着眉头问："只打一个假期的工，能挣多少钱啊？"可又拗不过她的执着，只好第二天就带她去南方。在火车上，雨虹的姑姑忐忑不安地问她同学："你说我能找到一个好工作吗？"

"不好找，但是如果你只想打一个假期的工，又想多挣点钱，只能去酒吧当服务员了。端茶倒水打扫卫生，推销酒，除了工资，还可以挣点小费。就这样的工作也不好找，我必须托熟人帮忙呢。"她的同学对她说。

"那就麻烦你了，以后我一定还你的车费，还有……谢谢你借给我的这身衣服，我还没有穿过这么漂亮的衣服呢。"雨虹的姑姑诚恳地说。

"哎呀，没事啊，我家在广州开了一家服装店。衣服是送你的，不碍事呢。"她同学对雨虹的姑姑说。

她们辗转来到广州，雨虹的姑姑顾不上看高楼大厦和闪烁的霓虹灯，以及车水马龙的街头。她全心全意地投入到工作中，她抢着干最累的活，上班最早，下班最晚。人们都夸她长得水灵，可她像莲一样，出淤泥而不染。她没有被这里的一切诱惑，她的心里只有故乡和故乡里的孩子。有一天，领班让她给包厢里的客人送一盘柿子，说是客人特意点的。雨虹姑姑看着柿子说："我家乡的山坡上也有柿子树，柿子比这更大呢。"

"是吗，这个可以卖钱呢，还挺好吃的。"领班对她说。

一个假期很快就过去了，雨虹拿着挣来的工资，让她的同学陪着她去书店给孩子们买了书、本子和铅笔。她也给校长买了一支钢笔，唯独给自己什么都没有买。她的同学实在看不下去了，又送了她一条大红的丝巾，对她说："如果以后不教书了，就来广州找我。"

雨虹的姑姑嘴里答应着，可心早就飞到那个小山村了。

一个月以后，也不知道村上的人怎么知道的，他们都说雨虹的姑姑去广州，在酒吧挣不干净的钱，说她是坐台小姐。这样的人怎么可以当孩子们的老师，岂不是把孩子们都带坏了啊。贫穷已经够可怕的了，而贫穷里的无知更能活生生地杀死一个人。雨虹的姑姑在村里人无知的以讹传讹中，硬生生地变成了人们眼里的"坐台小姐"。她受不了打击，有一天夜里，跳进了水库。她用死对抗那些无知和偏见，她走的时候对家里人说了一句："咱村里山坡上的柿子是可以卖钱的。"

多年后，雨虹的爸爸对上初中的雨虹说起这些时，泪如雨下。他对雨虹说："你一定要好好念书，走出这个贫穷的山村。这个兔子都不拉屎的破地方，也就这样了。"

雨虹也很争气，她考上了上海大学。男朋友也是个非常优秀的人，他家在上海，他希望雨虹也留在上海。他的爸爸可以给雨虹找一个非常体面的工作。雨虹的家人都非常高兴，雨虹以后终于可以走出去了。

可是，雨虹在上海仅仅工作了两年，她就辞职了。她拒绝了男朋友一家人的好意。她想回到自己的故乡，她想当村官。她背离了所有人的心愿，她对父亲说："党的政策越来越好了，我们要跟着党的脚步，脚踏实地地走好每一步。再说国家也希望越来越多的大学生建设自己的家乡，改变自己的家乡。当初，姑姑的心愿不就是让这里更好吗？"

雨虹顺利地当上了"村官"。她来的第一件事情就是找各种关系和筹款，在村里盖了一所新学校，有厕所，有围墙。尽管几年前，村里修了学校，也分配了老师，可雨虹说孩子读书才是大事情，将来他们才是致富路上的好帮手。她也用自己在上海上班攒的工资给学校添了新电脑。

后面她又带领大家种植柿子，制作柿饼，找各种销路。十年的时间，村里的生活水平在她的带领下，渐渐也像柿子一样红红火火。雨虹回想起这十年中，一路的奔波，辛苦以及不被大家理解，但她都坚持了下来。她知道我们国家将一步一步走向更繁荣、更强大，她更知道后面会有更多的大学生回到自己的故乡，为自己的故乡出一份力量。

也许，再也没有人记得雨虹的姑姑，可是，只有雨虹知道，她用自己的方式，让姑姑依然"活"在那里。

这人生啊

老家三月的天气，总是让人捉摸不透。明明早上晴空万里，可一到下午，北风肆虐，黄土飞扬，远远听去，像鬼哭狼嚎一样。

山坡上的田地荒草丛生，也看不见成群的牛羊了，村庄中间偶尔的炊烟，也只是象征性地在风中"扭怩"一下，再也回不到很多年前的景象了：绿油油的梯田，成群的牛羊，夕阳西下时，整个村庄都是炊烟。男人们端着饭碗或者茶缸，一簇一簇地聚集在麦场上，谈天说地，女人们聚在大门口，纳鞋底、织毛衣，说着东家的麦子长得真好，西家的孩子又长高了多少；孩子们穿着短袖，穿着自家母亲一针一线做的布鞋，疯了似的在尘土飞扬的路上玩耍……

我跪在外公的灵堂前，茫然地望着摆放在门口的花圈和躺在租来的水晶棺材里的外公。听着小姨和三姨的哭声，我知道时光再也回不去了。是的，再也回不去了。

那些如烟云般的往事,那些在往事里升腾跌宕的人影,在很长一段时间里,在越走越远的光影里交织、缠绕,患得患失,它将深深地镶嵌在我余生的记忆里。像老旧的碟片一样,偶尔发着记忆的光。

我的外公,用一种极其荒唐,又让我们无言以对的方式结束了自己96岁的人生。外公曾经伟岸的背影在棺材里像一张老皇历,单薄而陈旧。我没有眼泪,大多数时候都是呆呆地看着院子里为数不多过来帮忙的人。他们的脸上也没有多少悲伤的表情。是的,对他们来说这是一桩喜事,就好像这个葬礼他们等了很久的时间。对,确实有点久了。

葬礼在外公的老院持续了三天,许是村里帮忙的人越来越少了,棺材才显得更重了。原本十几分钟的路程,那个早上走了整整一个小时。挖墓的人将墓坑挖得整整齐齐,外公的棺材在那天的沙尘暴来之前,稳稳地放了下去。十几把铁锹用黄土将棺材飞快地掩埋着,没有一丝停留。远处的沙尘暴与黑云交织着、怒吼着、咆哮着,像诉说着这是多么不应该啊。又像是在说:就这样吧,传奇也好,平庸也罢,就这样画上句号吧!该画上句号了。

后来我看余华的《活着》,内心总是跌宕起伏,且外公的影子一遍又一遍地出现在我的脑海里。我无数次地想起我的外公,那一生啊,兜兜转转,最后就变成了一捧黄土。

外公的人生是特别明显的两个阶段:

前半生拥有富贵。外公的爷爷是地主,外公的父亲当官,外公也算是含着金钥匙出生的,从小衣食无忧。外公极聪明,从小打得一手好算盘,闭着眼都能在算盘上算出账。长大后,外公在国营的石材厂当了一名会计。在村里,外公一直是特别富有的人,有良田百亩,又有不错的工作。外公喜欢喝酒,周六周日,家里总是围着一群人陪着外公喝好酒,吃羊肉、鱼肉。很多人就是不明白,外公哪里来的那么多钱,喝好酒吃好肉,住好房子。怎么可能没有人嫉妒呢?一起长大的人,却是另一种人生,有人还在为解决温饱而发愁。那时候吃不饱饭是常事,家里穷的孩子念不起书也是常事,而外公过得风生水起。外公就舅舅一个儿子,而舅舅生了四个儿子,四个儿子从小基本上都是外婆外公养大的。舅舅平平无奇,又或许是因为舅舅觉得有外公这么个爹就够了,他无须努力。是的,他真的无须努力,因为外公外婆不光将舅舅的四个儿子养大,还给大表哥盖了房子,娶了媳妇。外公和外婆极疼爱大表哥,大表哥也承诺将来要给外公外婆养老送终。二表哥初中毕业,外公又花钱让二表哥去当兵。二表哥复员以后,外公照样给二表哥盖了新房,娶了媳妇。为了给二表哥安排一个好工作,外公提前退休,也一次性买断了退休金。

很多年前,外婆腹部开始疼,去医院,是癌症晚期。外婆临终之前对守在她身边的表哥们说:"我走了,你们要好好照顾你们的爷爷,别让他饿着了……"

表哥、我妈还有小姨都说:"放心吧,我们一定好好照顾他。"

外公在炕边一边抽烟,一边说:"你都是快死的人了,还操心这些干什么?我怎么可能会饿着呢,倒是你,没命再享福了。"

外婆叹了一口,闭上了眼睛。

外婆去世的第二年,舅舅腹部疼,去医院检查,癌症晚期。舅舅临终前,对守在他身体的表哥们说:"我一生碌碌无为,也没有好好养你们,幸亏有你们的爷爷。我走后,你们要照顾好你们的妈妈和爷爷,不要让他们受罪。"表哥们哭着答应着。

外公望着舅舅说了一句:"你咋这么命薄啊?"外公没有过多的悲伤,他觉得外婆和舅舅命太薄,享受不了越来越好的生活。

可是,外公不知道的是,命运的齿轮已经开始向相反的方向转动了。外婆走了以后,家里很多事情都没有人张罗了。再也没有人提醒外公奢侈要有度,外公兜里的钱已经所剩无几了。没有退休金,常年吃吃喝喝已经将外公的"老本"吃完了。但是外公好像自己并没有意识到这一点,他还是总叫人来家里喝酒,只是已经很少有人来了。偶尔也有人拿上一瓶劣质酒,去外公的屋里喝上两杯。只是喝醉了,总有人说一句:"你的时代已经过去了,你可以千杯不醉,可是酒呢?你喝了一辈子好酒啊,到最后还不是和我们一样只能喝这种酒?"

外公不作声,一口喝尽酒杯里的酒,坐在炕桌边抽烟。陪他喝酒的人都走了好长时间,外公还是坐在那里抽烟。

但大表哥和表嫂对外公还是很孝顺的,至少一日三餐按时能做给外公吃。

又过了几年，表嫂肠癌，表哥也一心一意地在医院伺候表嫂。表哥很爱表嫂，他们结婚20年，从来都没红过脸，可表嫂做了三次手术，最后还是走了。表嫂走的那天，外公湿了双眼，他说："我的娃啊，为什么你要走啊？"

此后的几年里，外公常常一个人，背着双手，伛偻着腰在门口的那条小路上来回徘徊。他已经很长时间都不能一日三餐按时吃饭了，小姨、三姨她们都离得很远，我妈又常年身体不好且过度晕车。小姨常常十天半个月回去一趟，做好吃的，装满外公的冰箱，然后又匆匆忙忙回去。一辈子都没有做过饭的外公，在他老了的时候，不得不学着做一些简单的饭，能吃饱肚子的饭。表哥们也都在城里买了房子，外公不去城里和他们住，他说住不习惯，实际上是他们不习惯。因为外公每天基本要抽一包烟，城里的房子哪有老院那么通风啊。外公知道，他若去城里，定是被他们嫌弃的。大表哥自从表嫂离开后，他也没有了精气神，浑浑噩噩地过日子。他四五天回老院一次，偶尔会给外公做顿饭。

外公好像成了所有人最牵挂的人，又好像成了所有人的累赘。

2024年2月，大表哥在开车的时候，忽然不舒服，人开始昏迷。车撞在路边的电线杆上，被路人发现送进医院，脑出血，没来得及抢救，人就走了。

96岁的外公哭了，他哭着说："我为什么要活着啊，我为什么还活着啊，为什么走的人不是我呢？为什么走的人就不是我啊，我早就活够了啊，为啥不让我先走啊……"

所有人看外公的表情好像又冷漠了一些，或者更陌生了。

大表哥的葬礼完了以后，外公也变得很少说话了。他再也好像没有力气去门口的小路上走了，他常常一整天不说话，坐在屋外破旧的沙发上，目光空洞地看着天空。

大表哥走了半个月后，外公也走了，他以一种大家都心知肚明，又谁都不愿意再提起的方式走了。葬礼还是在那个老院。外公的葬礼来帮忙的人越发少了，外公的一生被装进那口棺材里，埋在了外婆的坟旁边……

血珠子的三世

第一世

我是一串玛瑙血珠子，我被我的主人每天都戴在手上。我的主人与人聊天的时候，总是喜欢将我从手腕上取下来，拿在手里，一遍一遍地转着。他是不是在心里一遍又一遍地数着我有多少颗我不知道，但是我常常被他转得晕头转向。我想反抗，但无济于事，因为我不会说话。虽然我是一串有记忆的珠子，但是我还没有修炼成人，无法说话。我想我可能永远也修炼不成人了，因为我在我第一个主人的身上，沾了一些红尘眷恋。我成不了仙，也成不了人，这让我有些懊恼，但好像也并不后悔。有的时候我也想，即便成了仙也不一定有人这么快乐。

我现在的主人不是我的第一位主人，我也只陪了他七年。

我的第一位主人是一位女孩子，她很漂亮，也非常善良，待人真诚，安静且贤淑。她喜欢纳兰容若的词，也喜欢宋朝时光里的诗,更喜欢一个人旅行。我与她第一次相见的时候,我还是一块玛瑙玉石头。我在离人类很远的一片沙漠里,足足待了500年。风吹日晒,那时候的我每天望着天空想象着再过500年,我就可能成仙了。那时候没想过成人,这个想法是在遇到我的第一个主人后产生的。

那天,第一次见我的主人。她身穿一袭红裙,美丽动人,白皙的双脚走在沙漠里。五月的沙漠其实非常烫人的,可是她好像没有感觉。一双鞋提在手里,又细又白的双脚被滚烫的沙子烫出来水泡,她依然没有感觉。当时,我远远地看着她,看着她的脚,我忽然有些心疼。不应该啊,我怎么会有这种想法啊。我是要修炼成仙的玛瑙玉石,怎么可能有这想法?怎么可能会心疼人类?我应该是没有感情的,但我在那瞬间确实有了。

我看不清楚她的表情,她应该是没有任何表情的,又或者说是麻木的、空洞的、毫无眷恋的表情。她离我越来越近了,我的呼吸开始有点急促。她白皙的小腿在阳光下有一种刺眼的白。她在离我20米的地方忽然晕倒了。我吓坏了,我又喊不出来,四处又没有人,可怎么办?这个沙漠里是有狼的,就算没有狼,如果没有人救她,她也会在这里变成一堆白骨的。我在这里500年了,已经有很多人在我的面前变成了白骨。我只是看着,没有感觉。他们有些是曾经经过这条路的运货马队,有些是胡子(就是现在的土匪),还有些是考古队的。在我的面前,死了就死了吧,我毫无感觉。我看着他们日复一日、年复一年,变成白骨或者被沙漠里的风吹成干尸,然后又看着一个个被沙漠吞噬掉,没了一点儿痕迹。他们只是给我寂寞的日子里偶然添一些不同的景色而已,我毫无感觉。是的,毫无感觉。可是,她不一样,我有了感觉,而且越来越强烈。我不断地瞅着四面,我希望有人快来啊,来救救她。不要让她在我面前变成白骨或者干尸,绝对不可以。我使劲挪动我的身躯,我想离她近一点。我想看看她还有没有呼吸,可是我挣扎了半天,只是将身躯向沙漠外面多露了一点。该怎么办啊,我心急如焚。

可能是我心里的呐喊起作用了,我看见她的手指动了一下,然后她慢慢地抬起头,再然后她慢慢地站起来了。可她好像全身都没有力气了,脸色煞白,像身体里根本就没有血液一样。我多想立马变成人,搀扶着她啊,我好害怕她再次晕倒。她望着一望无际的沙漠,无助又无措地站着。所幸,在她再次晕倒之前,有人开车过来了,是一辆白色的霸道车。车停在她身边,从车上下来一个男人,中等个子,皮肤是那种健康的黑,身上的肌肉线条肉眼可见。他身上散发着一种不能用"帅"形容的气质。

"你好,需要帮忙吗?"他问她。

她没有回答,羞涩地低下了头。

"一个人来的沙漠?"他又问。

她还是没有出声,但是点了点头。

"厉害啊,一个人,怎么来的?这里可是有狼出现的。"他有点调侃地说道。

"搭了一辆车来的,我不认识她们。她们说要去更远的沙漠,我便下车了,我想一个人走走。"这次她回答了。

"一个人走走?你是想变成干尸吧,这里是可以随便走走的地方?"他不可置信地问。

她没有再回答,有点窘迫,脸上有一丝红晕。

我真想给他一拳啊。这个臭男人,难道看不出此时她弱不禁风的样子吗?为什么不把她赶紧带离这个地方啊,我心想着。

"走吧,我带你出去,趁太阳还没有下山之前出去,不然很容易迷路的。"男人开始一本正经地说话。

她怔了一下,但还是跟着他上车了。车在沙漠里打了一个圈,风沙飞扬,然后他们消失在我的面前。

我总算舒了一口气,可是又莫名地失落。她走了,也许这辈子都再也看不见她了吧。我正出神,又听见了车的声音,向我这边驶过来。然后我看见她从车上下来,走到我身边,用手轻轻地将我从沙子里拉了出来。

"我晕倒之前,只看见了它,好像还看见从它身上发出来一道光。"她像是自言自语地说。

"那是你晕糊涂了。"那个男人不屑地说道。

我本来就不大,被她一路上轻轻地握在双手里。车被男人开得很快,一路上他们基本没话,只是说了彼此住的地方,还留了对方的电话号码。月亮挂上树梢之前,男人将她送到了家门口。

"呵,不错嘛。没想到你在这么大的一栋别墅里住着啊,有钱人家的小姐啊。"他自顾自地说着。

"今天谢谢你，改天请你吃饭。"她说完这句话就走进了别墅的大门。

"小姐，你去了哪里啊，老爷和太太都担心死了。打了无数个电话过来，你急死我了。"一个佣人模样的女人急急地说。

"王妈，我没事，只是和几个朋友出去转了一会儿，你不要担心。"她对那个佣人说。

"可是你的身体……"王妈满脸着急地说。

她没有过多地说话，带着我进了她的卧室。她的卧室很大，一股淡淡的清香夹杂着一股淡淡的药味道。

她躺在洁白的床上，侧着身，将我放在她的眼前，仔细地看了很久。我忽然被人这么看着，而且被这么一位清素淡雅的女孩子看着，莫名地心跳啊。

"好漂亮的石头啊，要是做成手链一定很好看吧。"她在说完这句话后沉沉地睡着了。我也可以大胆地、认真地、贪婪地看着她了：弯弯的眉，眼睛很大，像两颗水晶镶在她并不大的脸上。嘴巴很好看，可就是没有血色。皮肤白净，她的前世是不是一朵莲，也是历经百难，今生幻化为人，在这熙熙攘攘的人间走一趟，所以她的身上才清雅脱俗？我想。

天阴，微小雨。她推开窗子，将一个蓝色的瓷盘放在窗台的台阶上，她在盛雨。窗外，兰草淡淡，她娴静地坐在窗口的竹椅上。她又把我握在手心里，仔细看。片刻之后，一阵清风吹进房间，她微微颤抖了一下。她的身体太单薄了，我竟然莫名地心疼。

些许时候，她用接的雨水，煮了一杯茶。一杯茶被她喝到无色无味的时候，她带我出门了。还是微雨，她都没有打伞，额头湿了一些碎发。

我被她带到一个玉器打磨店，她问店里的老板："可不可以帮我将这块玛瑙石打磨成一串手链？"

老板接过我看了看："成色很不错啊，打磨成手链应该也不错呢。那你就三天以后过来取。"老板说。

她高兴地对老板说："谢谢啊，多少钱都可以。但是请您一定打磨仔细一点，不要让它浪费太多，打磨的时候轻一点啊……它应该会疼吧。"我忽然被她这句话感动了，她居然会心疼我会疼。

这下彻底成不了仙了，我想。

她把我放在玉器店里三天，我竟然顾不上打磨机将我部分身躯挫骨扬灰的疼痛，我只是一心一意地想她，她在干什么呢？是不是又一个煮茶？一个人看书？还是一个人站在窗边发呆？我好像变成了一个人，一个有情感的人。

三天后她来取我，哦，不是一个人，有一个男人陪着她。嗯？怎么有点眼熟？哦，对了，他就是那个把她从沙漠里带走的那个男人，我清楚地记得在他转身的时候，我看到过他耳后的伤疤，就是他，今天陪她一起来的。她好像状态好了很多啊，气色也很好。虽然我有点嫉妒，可是看着她开心，我也很开心。

"这块玛瑙石成色很好，所以打磨出来的珠子也很好看。你戴上试试看,合适不?"老板把我递给她说道。

"刚刚好啊,你看玺,真的很漂亮呢。"她开心地把手臂扬起来给他看。

短短几天的时间,他们之间已经这么亲密了吗?原来那个男人叫玺啊,我心里想着。可我又一想,这下我可以天天和她在一起了。只要她天天戴着我,我就很知足了。

"珺,走,我带你去吃好吃的。"那个叫玺的男人说。原来她叫珺。

接下来的日子,我天天看着他们如胶似漆地在一起,原来这就是人间的爱恋,这就是人间的红尘。它可以让一个人变得那么快乐,气色红润,走起路来轻盈。她再也没有一个人沉默过,还时常哼着小曲。虽然我很嫉妒,也暗自伤神,可我知道只要她开心,就是我最大的心愿。我愿意就这样陪着她一辈子。

有天晚上那个叫玺的男人没有来看珺,珺就一个人坐在床上看书。她看的是一本线装本的书,看着看着她忽然自言自语地说道:"原来可以用血来浸泡珠子,把它送给最爱的人,可以保他平安的。"

然后我就看见珺找了玻璃樽,把我放进玻璃樽里。我看到她拿起一把刀,毫不犹疑地在自己胳膊上划了一刀。血流了出来,流进了玻璃樽里,多半杯的血把我完全淹没了。我被浸泡在她的血液里,好像又吸了很多很多的阳气,这让我的记忆又提升了很多。我被她的血浸泡了整整七天,颜色好像更加深了。珺拿起一块白色的丝帕子，将我身上多余的血擦干净，然后又把我戴在手上对我说："现在你身体里都是我的血，我把你送给我最爱的那个人，你一定要保他一生平安哦。"

这个傻瓜啊，为什么要把我送给那个家伙啊。我一直看他不顺眼呢，你为什么不把我留下来啊。我会一直保护你，一生一世护你周全啊！

可是，珺还是把我送给了那个叫玺的男人。她把我戴在男人的手腕上说："你要一直戴着它啊，它会保护你的。书上说把血珠子送给最爱的人，可以保他平安，所以你要好好地戴着它啊。"

"你啊，书上说的都是骗人的，你也相信？再说你干吗要用你的血啊，多疼啊，下次不能再这样了啊。"他摸摸她的头说。可我感觉这个男人不怎么爱珺啊，不然看见她胳膊上的伤疤该有多心疼啊。可他只是淡淡地说了那些不痛不痒的话，好气人啊。

看不见珺的日子我真的好想念啊。以前希望玺别去找珺，现在真希望他天天去找她，这样我就有机会看见珺了。可是这个男人已经很长时间没有去看她了，更可气的是明明他没有那么忙啊。他还带着其他的女人一起去旅游，可是我有什么办法啊，我也没有办法啊！

三个月以后，男人来到一座坟前，我看见墓碑上是珺的照片，碑上写的是珺的名字。我的心都快碎了，她怎么可以离开啊，她怎么可以啊，明明活得好好的啊。我第一次感觉到撕心裂肺般的疼痛，我身体里有珺的血，我骨髓里刻满了她的身影。我抛开了500年的修行，再也不想成仙了，我只是想一辈子都陪在她身边啊，可是她怎么可以离开我呢？

我真的也想随她而去啊，可是她最后的心愿是让我保护这个男人。她知道自己有血癌症，她知道自己不会久活在人间，所以用自己的血浸泡我，让我护他周全。好吧，那我就完成她的心愿，可是我真的不想一辈子都护他周全。我只想快点去找她。

七年后，玺去西藏旅行，在途中遭遇车祸。他的车在被大卡车撞上的那一瞬间，我用尽全力护了他一把，让他把命留下来了。但我也碎了一地，只留下一颗完整的珠子，散落在草原上。珺用血泡了我七天，我陪了玺七年，也救了他一命。珺若在地下有知，也该心安了。

这一世我走完了，留下的那颗珠子依然有记忆。那么我就继续躺在草原上，吸收日月精华，然后等下一世的轮回。

血珠子二世

我是一个清淡的女子，我叫莲，27岁，在一家杂志社当编辑。光阴恍惚，一转眼我好像来到这个人间已经很多年了。可我还是在很多时候，觉得我依然活在上一世，我不太喜欢这一世，所以很多时候都是清欲寡欢的。我时常独自一个人去看风景，像是为了给那些已经失去的光阴招魂。一杯茶喝到无色无味，在清晨的第一缕阳光透出来的时候再重新泡茶。前尘往事早就落满尘埃，但就是有些东西又记忆犹新：比如独坐窗前听雨，比如接雨煮茶，又比如从开始就喜欢看书写文字，看宋朝的一剪光阴，看纳兰容若的人生若只如初见，看三生石上的旧梦前缘越发的知识，所有的相遇，都是久别重逢。是的，都是久别重逢。

前一世到底是什么呢？一株兰花？一颗尘埃？还是像梦一样的女子？不知道啊，只是身体里面总有些不一样的影子，发出不知所以的感叹。

我知道这一世，我是个平凡的女子，偶尔伤感，偶尔自愈，看书喝茶，偶尔写一些文字，偶尔也出一本书。我没有多少读者，也不是作家，我好像就是为了完成这一世的宿命，又好像是为了接替上一世的遗憾。

每个人来到这个人间，好像都背负着神圣的使命，可是我的使命是什么呢？寻找答案？什么答案呢！处于这尘世的喧闹和繁芜中，我该什么时候悄悄退到某个安静的角落，寻找遗落在这人间的答案？

偶尔我也常想，这一世，幸福是什么呢？是在一个陌生的青石板路上不期地相逢；是看了一遍又一遍的风景里赫然出现了前世记忆里的人影；是世事叵测朝暮无常却依然相信有一天会殊途同归；是时光渡口归来的风雨里等下一世的轮回？还是在万丈红尘里做一个贤妻良母，日起而作，日落而息？

也许在旁人的眼里，我的生活是繁花满枝的幸福。有人许我现世安稳的诺言，有人给我真实与共的生活。一切看起来那么美好，美好到让我觉得我是自欺欺人，真实得让我觉得我是无病呻吟、忸怩作态。

只有我知道，我的内心孤独寂寞，迷惘惆怅。

我的男朋友是一个商人，他有足够的智商在商场上叱咤风云，也有足够的情商让他的身边莺莺燕燕。是啊，那么帅气又多金的人，哪个女孩子不喜欢？可他说他唯独喜欢我，他说我好像是他前世的记忆。

我与他初相识于新疆。假期的时候，编辑部的工作不太忙，我因为特别想看沙漠，所以去了新疆。三毛笔下的撒哈拉沙漠一直吸引着我，可是撒哈拉沙漠太远了。本来我们想去新疆的塔克拉玛干沙漠，因为有人说塔克拉玛干沙漠用维吾尔语是：被诅咒过的淹没在沙漠下的城市。我很好奇，它到底是什么样子的？

但是由于时间的问题，再加上我和朋友傅玲都是女孩子，塔克拉玛干沙漠太大太远，最后我们选择了塔克拉玛干沙漠最东北边的塔里木胡杨林。虽然这里没有塔克拉玛干沙漠那么壮观，但我还是被眼前的景象震撼到了：阳光明媚，蓝天，白云，黄色的胡杨林，白色的沙漠，黑色的公路。

听说胡杨在那片沙漠里千年不死，死而千年不倒，倒而千年不朽。傅玲开玩笑地说："如果爱情也像这胡杨就好了，忠洁不愈，不屈不离。"

我笑而不答，我总觉得关于爱情，在我的身体里，上辈子已经用完了。

我们在返回的路上，车子出问题了，怎么也打不起来，每次总是"吱吱"地响。傅玲着急得不行,一个劲地问我:"可怎么办啊,太阳都快下山了,这里的气温早中晚相差可大了。"

我又试着打了几次,都不成。我知道这个车的电瓶没电了,要么换电瓶,要么找别人的车接线传电才能打着。正在我俩着急的时候,过来一辆黑色的"悍马",从车窗里一个男人探出头问我们:"需要帮忙吗?"

"是的,帅哥车坏了,可不可以帮我们一下。"傅玲开心地问。

"来沙漠玩,开这车?"他望着我们的车,挑衅地问。

"是啊,怎么了?有问题啊。"我没好气地问他。

"喏,没问题停这里干吗?"他说。

我一时无语。

那个开着"悍马"的家伙,最后看看快要下山的太阳,还是帮了我们。交谈中才知道他和我们回去的时候是一路的,为了感谢他的鼎力相助,我和傅玲请他吃了正宗的手抓羊肉。他说他叫陈意玺,听到这个名字我忽然感觉心口被什么东西推了一把,说不出的感觉,很怪。当他脱下外套的时候,我看到他手腕上戴了一串上等的和田玉珠子的手链。和田玉珠子的中间有一颗红色玛瑙珠子,当时我就脱口而出:"你戴了一颗血珠子。"

"什么?"陈意玺不解地问。

我脱口而出,连我自己都不知道怎么回事。我一时间不知道怎么回答,停顿了一下说:"你手链里的那颗红色珠子很好看啊。"

"哦，这个啊，这个是我和朋友去草原的时候，我从草原上捡到的。我觉得很好看，回来就把它串在我的手链上了。"陈意玺随意地说。

自从看见他手上的那颗珠子后，我就有一种莫名其妙的感觉，总觉得好像丢了很久的东西失而复得了一般。陈意玺从胡杨林回来后，有事没事就约我出去吃饭、喝茶、开车去看风景，我也没有拒绝。慢慢地我们之间好像有一种无形的力量在不断地放大，那种力量将我们之间的距离不断地缩短，再缩短。

有一天，陈意玺说要给我买一只玉镯子，然后我对他说："金镯子，玉镯子我都不喜欢。可是我喜欢你手腕上的那颗玛瑙珠子，我很喜欢，很喜欢。"我重复着这句话。

意玺很意外地看着我说："你，真的和别人不一样，难怪我第一眼看见你，就觉得在哪里见过你，说不出的感觉。就像当初我看见这颗玛瑙珠子一样，像是本来你就在我的生命里一样。"

"可是，我们第一天遇见的时候，你为什么说它是血珠子？"意玺不解地问我。

"我也不知道啊，反正第一眼看见珠子，就觉得它好像本来就是我的东西。我的心脏跳得很厉害，好像那颗珠子是用人血染成的一样。"我喃喃地说道。

陈意玺怔怔地望着我。

自那以后，意玺对我更加宠爱。他知道我喜欢看书，有时间就陪我安静地看书。一有时间，他也会陪我到处去看风景：法国的埃菲尔铁塔，希腊的爱琴海……当然，还有三毛笔下的撒哈拉沙漠。他会半夜陪我看星星、爬山，凌晨看日出。所有人都觉得我应该得到更多的东西：比如珠宝，比如别墅，比如从此做个珠光宝气的女人。可这些对我来说如嚼蜡一般无味，我想要的不过是一份心安的爱和前世的记忆而已。

意玺给我买了一串价格适中的黄色羊脂玉手串，并且把那颗红色玛瑙珠子夹在中间。他说："如果真如书上所说，血珠子可以护一个人周全，那我希望它能一生一世让你平安喜乐。"

"你有没有听说过血珠子三世才成缘？"我问意玺。

"什么是三世才成缘？"意玺不解地问我。

"就是遇见血珠子的两个人，必须经历三世，才能真正地在一起。"我看看自己胳膊上从生下就带的一道疤痕，有点忧伤地对意玺说。

意玺深邃的双眼怔怔地看了我一会儿说道："不管要经历几世，我都愿意等你。我祈求老天，希望我们的遇见就是第三世。如果不是，我也愿意付出一切等我们的第三世。"

"不许胡说，那也只是一个传说而已，你要好好活着。"我对意玺说。

"不，是我们，我们都要好好活着，而且永远都要在一起。"意玺握着我的手说。

我笑而不语。

可是我怎么会不知道呢，我和意玺的差距有多大。我家境一般，也只是编辑部的一名小编辑，而意玺在余城是赫赫有名的企业家，想和他家联姻的人不计其数，而我怎么可能入他家人的眼？

不过，我根本就不计较这些。他家世再显赫，我丝毫都不动心。那些身外之物于我而言，不过是人活在这世上的一层枷锁，要得越多，枷锁越重。生命原本就像草，每一棵终究都要走向荒芜。只有经历了生死，好像生命才算完整。

我说我要去一趟西藏，想一个人，我总觉得那里有一个声音在召唤我。许是我想看仓央嘉措的诗，又或许是我想看看那个曾经西藏最大的"情诗王子"生活过的地方，总之我想去看看。意玺不让我一个去。

"西藏真的很美，可路途遥远，你一个人我不放心。我要陪你去，说好了生死都要在一起的。"意玺笑嘻嘻地对我说。

"呸呸呸，不许胡说啊，不过是去一趟西藏而已。什么生啊，死啊。"我故意责怪他。

但，一语成谶。

我们自驾游，走的路线是219国道，听说那边是天堂的国道。傅玲说让我们走318国道，那边车队也多一点，相对219国道要安全一点。但是我和意玺很默契地都选择了走最孤独、最美丽的219国之大道。

我们一路走得不快，风景太美，意玺说我们要用眼睛拍下这些风景，然后把它放在心里。我说好啊！

但是我们却将自己永远地留在了这里。

我们的车在经过加乌拉山口时，与一辆大货车相撞。意玺为了保护我，把方向盘死命地向右打弯，而他却被大卡车的侧面压得不成样子。他到最后都还用一只手护着我的头。

我被卡在车里，侧翻的车开始漏油，滴答滴答的声音像一个世纪那般漫长。车尾有火苗蹿出来，映在意玺的脸上，他一动不动。我听见车外面大卡车上的人大声地喊着："快救人，快救人。车快爆炸了，那里面有个女的好像还活着。"我握住意玺放在我头上的手，把那颗玛瑙血珠子用尽全力扯下来，放在我和意玺的手掌心中。我们俩的血已经将它完全浸泡了，血与珠子化为一体。我在车子爆炸的前一秒微笑着对意玺说："下辈子，我们一定在一起。"

我要回家了，红尘世界不是家，寄身之处也不是家，我的灵魂要回属于我的家园了。我到红尘中来，不是为钱财，也不是为了功名，也不是为荣华富贵，就是用生命回馈前世的一段沙漠相救之恩。可是，情却未了。

世间一切，是结束亦是开始。

血珠子三世

农历七月十四日，在北京某医院，出生了一名女婴。孩子出生后，哭声很大，孩子的母亲问护士："是男孩吗？"

"是千金。"护士回答。

那位母亲露出稍稍有点失望的表情，但是一瞬而过，随后自言自语地说:"女孩也好,她爸爸一直希望有个女儿。"

"苏玲家属,苏玲的家属在吗?"护士站在手术门口喊。

"到,在呢,在呢。"一个40来岁的男人满头大汗地飞快地跑过来,手里还拿着一条毛巾。

"原来父亲是位军人啊。嗯,你也别着急,大人小孩一切都顺利。你现在先把你爱人推到病房去,我们要给孩子洗澡、量体温、称体重。"护士对着孩子的爸爸说。

"好好好,辛苦了,辛苦你们了。"孩子爸爸连声说。

"咦,你咋不问是男孩、女孩。"护士打趣地问。

"都好,都好,男孩、女孩都一样,如果……是女孩那更好啊。"男人不好意思地说。

"如你所愿。"护士欢快地说。

男人小心地将妻子推到病房,帮她擦去额头的汗珠说:"老婆,辛苦你了,我们终于有孩子了。"

"老公,可惜是个女儿,如果是个男孩子多好啊。"妻子含着泪说。

"你胡说什么啊,只要是我们的孩子,男孩、女孩都一样啊,都是我们的心头肉。再说这么多年了,为了生一个孩子,你受了那么多的罪,吃了那么多的中药,什么方法都试过了。我心里一直愧疚,你受苦了。"男人将妻子的手握在他的手心,轻轻吻着。

两个护士给孩子洗澡,一个护士说:"这孩子长得真好看啊……你看她的小手攥得紧紧的。呵,这个小家伙,真可爱啊。"

"呀，护士长你看，孩子的手里攥着什么东西。"护士小苗惊讶地喊道。

护士长连忙过来看，她轻轻拿起孩子手心里的东西，又把它放水里洗干净，仔细看。

"是一颗珠子。"护士长说。

"真的好神奇啊。"护士小苗惊奇地说。

"你把孩子包好，去称体重，我去找家长。"护士长对小苗说。

护士长走进病房，她把窗帘拉上，又问了一下母亲的情况，然后又说："苏玲，你平时有没有把什么东西不小心吞进肚子里？比如说珠子什么的？"

苏玲一愣，随后立马说："没有啊，绝对没有啊。怎么了，孩子好着没有，你为什么这么问啊。"

"没事，孩子没事，很好。"护士长赶忙说。

"我们给孩子洗澡的时候，发现她的手里攥着这颗珠子，所以我才问问你，是不是不小心吞下去过。"护士长边说边把珠子递给他们。

"这是什么珠子啊。"苏玲一脸不解地问。

孩子的父亲小心地拿着珠子，仔细看。他看珠子血红，又晶莹剔透，也感到很奇怪。

"看着像玛瑙珠子，但是怎么跑到你肚子里去的？"苏玲老公笑着说。

"我真的没有吞过珠子，怎么可能啊，我一直很小心的啊。"苏玲有点激动地说。

"哎呀，你别激动啊，老婆。不管怎样，珠子在孩子手里，是她生来就带着的，我们就当这是老天给她的礼物啊。那以后我们就一直让它陪着我们的孩子就好，你不要想那么多啊。"苏玲老公赶忙安慰她。

医院里很快就传开了，说苏玲生的小女孩，手里有一颗珠子，但是大家传着传着，那颗玛瑙珠被传说成钻石了。

苏玲的老公给孩子起了个小名叫珠儿，大名叫余珠影。希望她以后与那颗珠子形影不离，也许那是老天赐她的礼物呢。

七月十四日那天，在呼伦贝尔大草原也有一个叫毕利格孩子出生了，是个男孩子。他出生的时候，手腕上有一颗小小的胎记，暗红色。毕利格的父亲说孩子身上有胎记，那是上一世的记忆转移到这一世，上一世的未了的心愿也会在这一世实现。草原上的人总是相信老天的安排。

时间啊，总是过得很快，转眼十二年过去了，小珠儿也长成了一个美丽的小姑娘。十二岁生日的时候，珠儿的父亲问她要什么生日礼物？

"我想去草原上玩，想看草原上成群的牛羊，想骑马，想去捡牛粪。"珠儿欢快地说道。

"这丫头，总是和别人不一样啊。"他父亲溺爱地看着她，对妻子苏玲说道。

"都快被你惯坏了，整天给她教什么防身术啊，什么散打啊，你看男孩子看见她都躲着走。"苏玲故意责怪地说。

晚上珠儿的父亲对妻子说："要不我们带珠儿去趟西藏，我们走219国道，那边的草原也有，风景也好，我……也想再去走走那条路。"

"亲爱的，我相信你开车的技术，但是，219国道那条路，走起来很孤独呢。"苏玲说。

不过苏玲知道，她的老公之所以走那条路，也是想回味一下曾经他当兵的那段时光。对他来说，十几年的当兵生涯，那里也是值得一生怀念的地方。

夫妻俩准备了一个礼拜的时间，路上用的东西尽可能都带上。他们准备开一辆房车，这样下来一路上也方便一点，带的东西也多一点。因为这次旅游，他们准备带小珠儿玩多半个月，珠儿也兴奋了好几天。她听爸爸说那一路上的风景可漂亮啦。

出发的前一天晚上，珠儿对她妈妈说："妈妈，我脖子里的这颗红色的珠子好像又红了很多，颜色比原来更深了。"

苏玲仔细看了看那颗从小就戴在女儿脖子里的珠子，好像真的又红了很多。她想不出所以然来，所以也没有在意。

他们不知道的是，那颗珠子又开启了前世的记忆。

在他们去西藏的路上，珠儿的爸爸给她讲了很多他曾经的往事。珠儿被一路上的风景震撼着，也被爸爸的故事感动着。

十几天以后，他们最后一站是呼伦贝尔大草原。如果说之前的那些风景震撼着他们一家人，那么呼伦贝尔大草原则是让他们的内心有了一种归属感。特别是小珠儿，她深深地被草原上的一切吸引着：洁白的云，净蓝的天空，成群的牛羊，无边的草原。珠儿穿着一条白色的裙子，站在草原上，像极了一朵纯白的格桑梅朵。

忽然，珠儿看见一匹枣红色的骏马飞驰而来，马背上是一位和自己年龄差不多的少年。他英姿飒爽，宛如一位凯旋的骑士，又如掌控了整个草原的王者，那种与生俱来的高贵气质让人不由得为之倾倒。珠儿傻傻地看着，呆呆地看着，全神贯注地看着。直到马和少年停在她面前，她都还没有把自己从失神中抽离出来。

"你好，我叫毕利格，你是来这里旅游的吗？"马背上的男孩子问。

珠儿才回过神来。"哦，是的，我是来这边旅游的。"珠儿说。

"我可以骑马吗？"珠儿问毕利格。

"当然可以啊，我可以教你呢。"毕利格笑着说道。

珠儿转头向车边喝茶的父母喊道："爸爸，妈妈，我可以和他一起骑马吗？"

苏玲刚想说不可以，因为珠儿从小都没有骑过马，但是却被爸爸制止了。他对珠儿说："小心点啊，马儿可是认人的啊，你需要马儿的主人帮你哦。"

珠儿望向少年。

"来吧,我带着你,只要你不害怕,我的马儿是很喜欢你的,小公主。"毕利格向珠儿伸出了手。

可能珠儿从小就练武术的原因,她一点儿也不胆怯,骑在马背上,和少年一起飞驰在草原上。

苏玲都看呆了,她用胳膊碰碰老公说道:"咱家丫头好像本来就属于这片草原啊。"

晚上的时候,毕利格又邀请珠儿一家去他家做客。这个看上去白白净净的城里丫头,骨子里却带着草原儿女的豪放与坚韧,这深深地吸引了少年。

草原上的人总是特别好客,毕利格一家人热情地款待着从遥远的地方来的客人。

毕利格的父亲问珠儿的父亲:"现在不是旅游旺季,你们怎么选择现在来草原?"

"七月十四是我女儿的生日,她的生日愿望是来草原上玩。"珠儿爸爸笑着说。

"你说你女儿的生日是七月十四,是七月十四吗?尊敬的客人,你没有记错?"毕利格的父亲认真地看向珠儿爸爸。

"是的,是农历七月十四,而且啊,我女儿出生的时候,她手里还藏着一颗红色的珠子呢。"珠儿爸爸兴奋地讲着生珠儿的过程。

"天神啊,我好像又看见了哈达和伊利根啊!尊敬的客人啊,我的儿子毕利格也是农历七月十四出生在这片草原的。哦,你瞧，他的手腕上也有一颗珠子大小的胎记，从出生就有的，也是红色。这是天意，是天意啊，我尊敬的客人……"毕利格的父亲激动得一边拉着毕利格的手腕手忙脚乱地帮他挽起袖子，一边不断地说着。他唯恐别人不信，这一切来自天意，他还不断地讲起关于草原上哈达和伊利根的故事。

十几岁的珠儿和毕利格其实也不懂什么是天意，但是他们知道，从此，对方在彼此的生命里注定牵绊不清了。

呵，故事的结尾呢？

又过了十年，呼伦贝尔大草原上举行了一场盛大的婚礼。毕利格将余珠影脖子上戴的那颗珠子放在碗里，他用刀割破了自己的手腕，把血滴在碗里。毕利格对珠儿说："我亲爱的公主，我要用我的血来守护你的珠子。我要像影子一样守护着你，永生永世不分离。"

夕阳照在大地上，红透了半个草原。

刘奶奶住院

那候没有条件去医院,老了的时候害怕进医院,怕进去再出不来。刘奶奶共生养了十个儿女,其中有两个在地里干活的时候,肚子忽然疼,就在麦草堆里生了。生下来就死了,她随手就埋在地头边了。然后休息一会儿,裤脚一扎,继续干活。她一边抽着旱烟棒子,一边轻描淡写地说,好像死掉的不是她的孩子,而是猪圈里的两个猪娃。

刘奶奶老伴去世得早,她一个人拉扯着八个儿女,她说她忙得一辈子连生病的时间都没有。后来八个儿女都成家了,刘奶奶前前后后加起来有17个孙子、孙女,但是她谁家也不去,她就要在老院子里生活。有的时候她也犯迷糊,把老三家的孩子当老五家的,把老五家的孩子当老八家的。

虽然她生了很多孩子,但是她身体一直很好,胃口也好,基本上没有麻烦过孩子们。她说一辈子劳碌惯了,闲下来会闲出病来。就算平时有个头疼脑热，她也基本不吃药，也不去医院。她就用她的土方法：大葱根、花椒壳、冰糖，还有自己从山里拔来的草药熬一砂锅汤，喝几顿就又好好的了。孙子女们小时候，她帮着带。孩子拉肚子，她就用扁豆、红糖、干姜、莱菔子在炉子上熬汤，给孩子喝几顿，保证妥妥的，又能活蹦乱跳了。

更神奇的是，村里有一对夫妻，结婚七八年了，就是没有孩子。那家的婆婆天天追着打院子里的母鸡，指桑骂槐地数落儿媳是不下蛋的母鸡。但是儿媳的老公对她极好，她也就一直忍着婆婆给她的那些难堪。

有一天，刘奶奶问她为啥不去医院检查清楚是啥问题？她悄悄对刘奶奶说："我娘家爸妈带我去医院检查了，我的身体都正常。我没有问题，是我老公有问题。我老公那人自尊心强，我也不想打击他，再说我婆婆认定是我身体有问题，说了她也不会相信的。"刘奶奶对她说："明儿等着我，我让你和你老公有孩子。"第二天，刘奶奶给她一堆草药，对她说："给你老公分十次熬着喝，喝完再来找我。"

就这样，刘奶奶让他们断断续续地吃了半年的草药。咦，那女的居然怀孕了。小两口杀了家里的一只山羊，拿了五十颗鸡蛋，扛了一袋子大米，对刘奶奶千谢万谢。

但是，前一段时间，刘奶奶和孙媳妇去医院看她的老闺密，回来后她就一直寻思：她也要住一次医院！因为刘奶奶去医院看她老闺密的时候，发现医院真的比她想象的要好得多：一尘不染的过道,安静的病房,洁白的床单和被子,说话温柔可亲的医生和护士。还有她的老闺密穿着干净的睡衣,在床上悠闲地躺着,身边儿女和孙子女还给她轮流着送去好多好吃的。刘奶奶觉得那样真好,她也想体验一次。可是怎么进医院呢?这腿脚还利索着,也没有头疼脑热,怎么才能进医院呢?

刘奶奶寻思了一个晚上,第二天下午她就对离家最近的三姑娘说:"我恐怕不行了,头疼,脖子疼,眼里也冒金花,走路也走不稳了……"说着她又不忘用手撑着头。三姑娘一看,不得了啊!我妈一辈子都没有病得这么严重过啊!然后她立马联系大哥、二哥、四弟还有邻村的两个姐姐。不到一盏茶的工夫,大家都急急忙忙地赶过来。

一看老太太皱着眉头,一副很难受的样子,二话不说就把她送进医院去了。刘奶奶被医生安排住院,她终于也躺在洁白的床上了。她进来的时候,正好看见护士给隔壁床上的病人抽血。刘奶奶看着那么粗的针头插进肉里,然后血就出来了,而且还抽了好几管子,吓得她直哆嗦。儿女们以为是她疼得受不了。

医生根据刘奶奶的状况,对她的儿女们说有可能是脑梗的前兆,然后嘱咐儿女们下午先拍片子,然后各种检查,第二天早上空腹抽血化验。儿女们忽然都红了眼睛,貌似刘奶奶已经是脑梗了。

晚上刘奶奶趁大家都出去吃饭的时候,问身边的一个孙子:"娃,明天她们真的会从我身上抽那么多血吗?"

"哎呀,奶奶,必须抽血,不然病检查不清楚。你别担心,我们都陪着你呢!"她的孙子安慰她说。

刘奶奶一夜没睡,干净的过道、洁白的床单、温柔的护士她都看不见了,因为她满脑子都是那个大针头插进她的血管,然后她的血就乖乖地都出来了……

早上五点多的时候,天边像鱼肚子一样,刚刚冒出白底,刘奶奶就趁孙子睡得正酣的时候,悄悄地"逃"出了医院。大家找到她的时候,她正抽着旱烟棒子,给院子里的一群鸡喂食呢!

第三辑

诗 歌

YUN LI DE
JIAOBU

临夏——我的第二故乡

你要写临夏

就不能只写临夏

你要写她从有县无城到新城崛起

你要写她从有城无人到车水马龙

你要写她从尘土飞扬到绿树成荫

你要写临夏

就不能只写临夏

你要写她的历史悠久星光璀璨

你要写她英雄无数岁月光辉

你要写她草原广阔无垠山河五彩斑斓

你要写临夏

就不能只写临夏

你要写河州的八景牡丹清绝

你要写太子山寒雪翠微高峰云齐

你要写康乐的莲花山叠嶂层峦万松迎客

你要写临夏

就不能只写临夏

你要写她梯田里的风光四季如画

你要写舌尖上的美味吸引八方

你要写盖碗茶里香气溢满四方

你要写临夏

就不能只写临夏

你要写她的柔她的刚

你要写她民族的精神和骨血里的善良

你要写她在祖国的怀抱里

踏歌万里锦绣如画

浅念

你低吟,不过一场雪,
天怎么就寒冷起来了?
我说穿过寒冬,就会看见春天

你说你放不下我,
在烈酒里剥不开清醒
我说日子坚硬,我们都要向前看

缝住晨露晚雾里的旧疾新病
让记忆把眼睛磨得通红
我在你听不见的地方,悄悄地哭
双眸里的骄傲变得格外温柔

灵魂在飘雪的风里
咒骂着我的往事
你送我的一碗安神汤
却亲吻着我的青春。

偶尔,我写的一首温暖的诗里
总有你的蛛丝马迹
我常想
幸好这世间有你,
才可以让我在红尘中的最浅处
一遍一遍咀嚼着你背影里滚烫

唯一的公平

我们期待着一场大雪的来临
却一直在北风中呻吟
这世间唯一的一次公平啊
是在这北风里的十二月
所有人穿上了"阳"的外套

摇摇欲坠的39度燃烧
烧不尽北方寒冷
却烧进了每个人的五脏六腑
瓦罐里的温度
像思念里的那个人
有波澜却遥不可及

这唯一的一次公平

在人间画了一个圈

让幸运和偏爱

偏离了轨道

喉咙在圈内呐喊着春天。

呻吟像一场盛宴

胸膛里的篝火

烧不尽所有人的痛苦

这唯一的一次公平

却斥诉这不公平的到来。

下一场洁白的雪吧

覆盖39度的高温

碾压逃出胸膛的咳嗽

拥抱住白天黑夜的呻吟吧

无题(一)

三月的风吹皱了湖中心

也吹平了我褶皱的念想

月光灼灼,像极了我的心动

借,一缕带满星星的风

将我送到另一个地方。

我眼眸里不想有缠绵

春色太浅,烟火总是一朝散

我只想不加修饰地

将自己挂满枝头

惊艳轮回里的四季。

我不想偷听青山和银河互倾思念

因为那短暂的情话和花团锦簇

填不满我的行囊

我只想,在我的行囊里

装满月光,装满信仰,装满鲜活的光阴

让它渗透阳光

与平庸的生活做较量。

无题(二)

我想在腊梅结种子的时候
我想在红豆草红壮艳抹的时候
带上我的三生石去看日出
让日出沐浴记忆的眼眸

哦,关于三生石的小说
我写了又写,看了又看
我把它放在月光下
一遍又一遍地添加片段
我怕太短,道不清楚情缘
我又怕太长,写不完的清欢

关于三生石的故事

我可以一夜成书
可是,寄给谁呢?
明月太远,星星太多

要不,把它揉碎
撒在那片红豆地里
然后,偷一点光阴浇上
让它来生根发芽结果

遗憾

总要写一写遗憾吧
从古到今的遗憾。

从前路遥马急,鸿雁传书
千山万水,只遗憾锦书不能日日收
可那等在月光下的盼望
却能温暖半个世纪

从前父母之命媒妁之言
月老在千里之外
用星尘砌成的光阴里
日子是琴瑟之鸣举案齐眉
相濡以沫里没有伤口

只遗憾，
日子浅短无法生死与共

从前啊女子以夫婿为天
相思万缕只为君开颜
那半生的想念都落在了眉间
只遗憾十年生死两茫茫
不思量自难忘唯有泪千行。

如今啊遗憾写满岁月：
千帆万路无人写锦书
车水马龙只藏娇魂瘦影
自由的灵魂却囿于薄凉
相思披着世人的潦草
这一世便沦陷在千万个梦里。

五月雪

昨儿
柳絮飘满天的时候
来了漫天一场大雪
飞扬、自由、无拘无束
任性、妄为又落地成水

落地成水又如何?
至少可在世间独舞
百花在枝头对饮
喝了这世间最干净的一杯"酒"

我也无憾吧

在那样的夜里

听"风"一夜的独白。

2024年5月1日下午,大雪

念先生

今日微小雨

沏茶看书回忆被偷走的月亮

被我反复念叨的那个人

已经模糊到只剩下轮廓

有的时候大片的空白

会铺满我的胸腔

偶尔,回忆里有雨滴落下

正如,今早的细雨

先生啊

我想借来秋天的笔

在日落里最后一茬麦秆上画上微笑

让它冲破时光撞破南墙

撞进你的眼眸

在我经过的路上

送我一句：山长水阔

听说，南国已经开始收红豆的种子

听说余秀华的小院海棠依旧

听说北国的婚礼上添了花轿

听说昨夜的那半杯酒中

有薄薄的情绪，但没有我